소설 보다: 겨울 2025

펴낸날 2025년 12월 10일

지은이 박민경 서장원 하가람
펴낸이 이광호
주간 이근혜
편집 허단 김다연 김필균 윤소진 유하은 조아혜 최은지
마케팅 이가은 허황 최지애 남미리 맹정현
제작 강병석
펴낸곳 ㈜문학과지성사
등록번호 제1993-000098호
주소 04034 서울 마포구 잔다리로7길 18(서교동 377-20)
전화 02) 338-7224
팩스 02) 323-4180(편집) 02) 338-7221(영업)
대표메일 moonji@moonji.com
저작권 문의 copyright@moonji.com
홈페이지 www.moonji.com

ⓒ 박민경 서장원 하가람, 2025. Printed in Seoul, Korea

ISBN 978-89-320-4493-4 03810

이 책의 판권은 지은이와 ㈜문학과지성사에 있습니다.
양측의 서면 동의 없는 무단 전재 및 복제를 금합니다.

소설 보다 겨울 2025

별개의 문제 박민경 | 뱀이 있는 곳 서장원
5월은 창가의 호랑이 하가람

문학과지성사

차례

별개의 문제 박민경 7
　인터뷰 박민경×조연정 41

뱀이 있는 곳 서장원 59
　인터뷰 서장원×이소 83

5월은 창가의 호랑이 하가람 101
　인터뷰 하가람×소유정 134

별개의 문제

박민경
2022년 『세계일보』 신춘문예를 통해 작품 활동을 시작했다.

내가 병주와 결혼한다고 했을 때 친구들의 반응은 대체로 비슷했다.

버즈랑? 의외다.

버즈는 친구들이 붙인 병주의 별명이었다. 맞다. 「토이 스토리」의 버즈 라이트이어. 크고 동그란 눈매에 능글맞은 입꼬리도 닮았지만 지나치게 낙관적이고 자신감 넘치는 성격도 버즈 그 자체이긴 했다. 친구들이 의외라고 한 것도 이해는 갔다. 병주는 나랑 워낙에 정반대였으니까. 간디와 처칠, 잭슨 폴록과 앤디 워홀, 스폰지밥과 징징이, 기쁨이와 슬픔이처럼…… 내가 나쁘게 말해서 방구석 회의론자이자 소심한 현실주의자라면, 병주는 아침 햇살 같은 낙관과 긍정 엔진을 탑재한 채 지치지 않고 광야로 달려가는 로봇이었다.

성향이 정반대인 커플의 경우, 서로의 영토를 존중하고 침범하지 않는 한 같은 성향의 사람을 만날 때는 느끼지 못한 달콤한 상호 보완성을 경험할 수 있는데 나와 병주가 딱 그랬다. 병주는 나에게 없는 고출력 엔진을 가지고 있었고 나는 감정 기복이 큰 병주의 정서적 지지대 역할이었으므로 우리는 함께 있을 때 자신을 더 나은 사람처럼 느꼈다. 그래선지 결혼을 결심하기까지는 모든 게 순조로웠다. 나는 우리의 관계성이 서로를 풍부하게 만들어준다고 확신하고 있었기 때문에(잭슨 폴록과

별개의 문제

앤디 워홀, 스폰지밥과 징징이……) 우리의 핑크빛 미래를 의심해 마지않았다. 그래서 결혼 준비를 하면서 싸우지 않는 커플은 없다는 진리에 불경하게도 코웃음을 치기까지 했다. 우리는 다를 거라는 근거 없는 믿음에 사로잡혀 있었던 것이다. Oh, love is blind…… 어쩌면 사랑이란 두 사람만 맹신하는 종교 같은 걸지도.

하지만 본격적인 결혼 준비를 시작하자마자 수많은 결혼 선배님들이 고꾸라졌다는 그 수렁 맛집에 우리도 보기 좋게 빠져버렸다. 병주는 체면을 중시하는 걸 좋아하는 사람이라 유명 브랜드와 격식 있는 예단, 누가 봐도 신경 쓴 티가 나는 살림살이에 돈과 마음을 쏟았다. 반면 나는 허례허식이라면 질색이었고 가성비와 실용성이 우선이었다. 그 차이는 생각보다 컸고 자주 불거졌다. 싸움은 집을 계약하고 살림을 들일 무렵 극에 달해서 만약 어느 한쪽이라도 '파혼'이라는 단어를 입 밖에 꺼냈다면 정말 그렇게 됐을지도 모른다. 다행히 식이라는 메인 퀘스트를 해치우고 나서는 동지애가 생긴 탓인지, 아니면 단순히 싸울 기력이 바닥난 탓인지 일단의 소강상태에 접어들었다.

나는 적과의 공동생활이라는 사회 실험에 자처한 피실험자의 마음으로 신혼집에 입주했다. 서로의 예민함이 빵빵한 풍선과 같은 상태라는 걸 알고 있기에 우리는 가능한 상대를 긁지 않기 위해 최선을 다했다.

하지만 아무리 조심해도 결국 손톱이 드러나는 순간은 찾아왔다.

사건의 발단은 내가 만든 음식물 처리기였다. '5천 원으로 미생물 음식물 처리기 만들기'라는 영상을 보고 혹해서 다이소에서 흙과 플라스틱 통 등 필요한 것들을 사왔다. 만드는 방법도 간단했다. 통에 흙과 미생물을 넣고 잘게 자른 음식물을 섞은 뒤 망을 씌워 바람이 통하는 장소에 두면 끝이었다. 거기다 음식물 쓰레기를 버리고 이따금 섞어주면 자연 분해된다고 했다. 조금 손이 가긴 해도 제대로 된 제품을 사려면 못해도 40~50만 원은 줘야 할 텐데 돈을 아꼈다는 사실이 못내 뿌듯했다.

집에 돌아온 병주가 베란다 한쪽에 놓인 분홍색 플라스틱 통을 발견했다.

저게 뭐야?

뿌듯한 얼굴로 내가 만든 미생물 음식물 처리기라고 대답하자 그의 얼굴이 일그러졌다.

자기야. 그냥 하나 사자. 그거 얼마나 한다고.

병주는 남들이 자신을 어떻게 보는지를 지나치게 신경 쓰는 나머지 남들의 시선이 없을 때조차 보여지는 것에 민감했다. 지금은 비록 가세가 완전히 기울었지만 한창때에 강남에서 잘나가던 사업가였던 그의 아버지 덕에 8학군에서 학교를 나온 그에게는 소위 잘나가는 친구들이 많았다. 병주는 그들과 지속적으로 연락하면서 그들의 성공과 자신의 처지를 끝없이 비교했다. 그래봐야 괴롭기만 할 텐데 왜 끊어내지 못하는지 나로서는 이해가 되지 않았지만 병주는 오히려 묵은 정에 질질 끌려다니는 내가 이해 안 된다는 반응이었다.

병주의 말에 따르면 자기 친구들은 득이 되는 부류였다. 인간관계는 자기보다 레벨이 높은 사람들과 맺어야 한다고. 그들이 어떻게 생각하고 어디에 돈을 쓰는지 살필 줄 알아야 그들과 같은 레벨이 될 수 있다고 했다.

병주는 내가 만든 미생물 음식물 처리기 안에서 시체라도 본 듯 작게 진저리를 치며 기어코 한마디를 더 했다.

가진 것보다 더 나은 걸 원해야 거기에 맞춰서 살고 싶어지지 않겠어? 욕심 좀 내. 이게 뭐야.

내가 입을 다물고 있자 그는 휴대전화를 꺼내 만지작거리더니 결제 완료가 뜬 화면을 보여줬다. 그리고 내 기분을 달래려는 듯 허리를 끌어안으며 애교 있게 말했다.

됐지? 그러니까 우리 저거 버리자.

그런 식이었다.

진짜 음식물 처리기는 그 이튿날 도착했다. 앞에 다가

가 서면 자동으로 문이 열리고 완전 밀폐는 물론 고온 탈취에 알아서 건조 분쇄까지 해준다는, 광고 카피처럼 똑똑한 녀석이었다. 나는 녀석의 눈치를 봐가며 깨끗하게 행군 잔반을 조심스럽게 떨어뜨렸다.

*

조잡한 걸 두고 보지 못하는 병주 덕에 새살림들은 번쩍번쩍 빛났지만 내 마음은 편하지 않았다. 비빌 언덕이 있는 병주와 달리 내 뒤꿈치는 이미 절벽 끝에 박혀 있었다.

잘 다니던 디자인 스튜디오를 때려치우고 프리랜서로 전향한 뒤 내 벌이와 자존감은 평범한 수준에서 아주 형편없는 수준으로 전락했다. 처음엔 안면 있는 담당자들이 일감을 물어다 줘서 영업을 따로 하지 않아도 생계유지가 됐지만 시간이 흐르면서 담당자들도 바뀌고 자연스럽게 일이 끊겼다. 게다가 무서운 속도로 생성형 인공지능 프로그램이 확산되면서 그림 작가로서 내 경쟁력이라는 건 심해의 어딘가에 처박힌 꼴이 됐다. 지금 붙들고 있는 그림책 삽화 작업이 계약된 마지막 작업이었고 이 작업을 마무리 짓고 나면 다시 회사를 알아봐야 할 수도 있었다.

나는 최대한 집 안에서 작업하며 커핏값을 아꼈다. 슬슬 더워지는 와중에도 에어컨을 켜지 않고 버티다가 병주가 올 때쯤 에어컨을 틀었다. 병주가 제일 싫어하는 청승을 몰래 부지런히 떨었다. 버는 것보다 까먹는 게 많으니 연비라도 좋아야 했다.

병주가 사업 이야기를 꺼낸 건 본격적인 더위가 시작될 무렵이었다.

나 일 그만두고 사업하려고.

그런 얘길 마치 '여기서 내려서 버스 타고 가려고'의 투로 말해서 나는 얼이 빠졌다. 월급쟁이에서 사업가로 노선 변경을 그렇게 환승하듯 할 수 있다면 얼마나 좋겠냐마는. 세상을 아니, 한국을 너무 얕보고 있는 게 아닌가.

그런 파격 선언을 해놓고 병주는 젖은 턱을 손등으로 훑으며 열심히 수박을 먹어대고 있었다. 붉은 과육이 한참이나 남은 조각을 내려놓고는 곧장 새 조각을 들었다. 그걸 보고 나도 모르게 혀를 찼다. 병주는 뼈에 붙은 고기나 과일을 야무지게 먹는 방법을 몰랐다. 이렇게 헤프게 먹어도 등을 맞지 않았던 거겠지. 우리 집은 얄짤없었는데.

엄마는 가족의 잇자국이 남은 수박의 흰 부분을 깨끗하게 발라 그걸로 수박 김치를 담갔다. 그렇다고 엄마가 검소한 사람은 아니었다. 정교하게 세공된 동식물 모양의 보석 브로치나 유럽제 식기를 모으는 데는 돈을 아끼지 않았고 화장품도 옷도 고가의 브랜드 제품만 쓰고 입었다. 그러나 식탁에서만큼은 엄격했다. 엄마는 음식을 남기는 것은 물론 요리할 때 재료의 일부가 버려지는 것도 싫어했다. 가급적 식재료는 가리지 말고 전체를 다 먹을 것. 이것이 우리 집의 규칙이었다. 병주는 생선 눈알과 내장까지 먹는 나를 신기하다는 듯 바라보곤 했다(병주는 배부른 까마귀 도련님처럼 흰 살점만 깨작깨작 파먹었다).

다른 점은 먹는 방식뿐만이 아니었다. 같이 살기 전에는 몰랐던 병주의 습성을 발견할 때마다 나는 소소하게 충격받았다. 그건 일종의 문명 충돌이었다. 그렇다면 누가 누구를 식민지로 삼을 것인가. 한동안 서로 종주국의 깃발을 꽂기 위해 신경전이 이어졌지만 반년이 지난 지금은 제법 안정기에 접어들었다(필요한 건 깃발이 아니라 악수와 흐린 눈이었다). 아니, 그렇다고 믿은 건 나뿐이었던 걸까. 병주는 아직도 자기 인생이 온전히 자기 것이라고 믿고 있는 듯했다. 우리는 엄연한 생활공동체가 아닌가? 사업을 하겠다면 진작에 상의했어야 하는 거…… 아닌가?

병주는 사촌이 소유한 건물을 관리해주는 일을 하고

있었고, 하는 일에 비해 꽤 많은 돈을 받고 있었다. 결혼식에서 본 사촌은 병주보다 한참은 어려 보였다. 결혼 축하한다며 병주의 어깨에 친근하게 팔을 두르는 그의 손목엔 애플 워치가 감겨 있었다(병주는 롤렉스 아래로는 시계로 쳐주지도 않았다). 듣기론 건물이 몇 채나 있다던데 남들 눈은 신경 쓰지 않는 검소함과 정력적인 미소가 인상적이었다. 그 미소를 떠올리자 그의 옆자리가 다른 사람에게 넘어가는 게 못내 아깝게 느껴졌다.

갑자기? 무슨 사업?

요식업 쪽으로. 좀 알아봤는데 피자가 괜찮은 것 같아.

피자라니. 병주의 잘난 친구 중 하나가 헛바람을 불어넣은 게 틀림없었다. 얘기를 들어보니 아니나 다를까 친구가 운영하는 프랜차이즈 사업 설명회에 다녀왔다고 했다.

듣고 보니 별거 아니더라고.

어떻게든 본점을 띄워서 프랜차이즈화하기만 하면 그다음부터는 가맹비만 먹어도 남는 장사라고 했다. 나는 이마를 짚었다. 아니, '어떻게'가 빠진 계획을 계획이라고 할 수 있는 거냐고.

병주는 어린 시절을 유복하게 보내고 애매하게 돈 많은 집에서 자라다 망해서 그런지 애가 현실감각이 좀 떨어졌다. 귀한 외동아들의 전형인 그는 자라는 동안 부모로부터 안 된다는 말을 한 번도 들어본 적이 없다고 했다. 그 때문인지 자존심도 자신감도 대단하고 매사에 겁이 없었다. 아무리 사소한 일이라도 경험 없는 일이라면 돌다리가 부서질 때까지 두드려보고 건너는 나와는 달랐다. 연애할 땐 그 시원시원하고 강단 있는 모습에 끌렸던 것도 사실이다. 하지만 너와 내가 우리가 되어버린 마당에 불길에 뛰어들려는 걸 보고 앉아서 박수만 치고 있을 수는 없었다.

하지만 생각해보자. 내가 잘 다니던 회사를 박차고 프리 선언을 했을 때 병주는 어땠던가. 모두가 가난한 계획이라며 나를 뜯어말리는 와중에 유일하게 응원해준 사람이 바로 병주였다. 물론 병주는 내가 머리를 깎고 중이 된다고 해도 두상이 예쁘니 괜찮을 것 같다고 할 것 같긴 하지만…… 어쨌든 나에게는 병주에게 빚진 응원이 있었다. 그건 적어도 한 번쯤은 그의 어리석은 선택에 박수를 쳐줄 의무가 있다는 뜻이었다. 그렇다면 이건 아주 비싼 박수가 될 거였다. 나는 한 수 접고 들어가기로 했다.

돈은 어떻게 할 건데. 드는 돈이 한두 푼도 아닐 텐데.

안 그래도 생각해봤는데 고모한테 한번 얘기해볼까 해.

병주네 집은 망했지만 그에겐 여전히 친척이라는 비빌 언덕들이 있었다. 아버지의 일곱 형제는 팔도에 흩어져 그 지역에서 나름대로 성공해 금맥을 쥐고 있었고, 아직 자리 잡지 못한 팔푼이 조카를 애틋하고 귀엽게 여겼다. 그들은 병주가 손을 벌릴 때마다 발 벗고 나서주었는데, 나는 그들이 내민 그 손이 병주의 자립심과 현실감각을 가려버린 게 아닐까 생각해왔다. 그렇다고 그 손을 뿌리치자니 그건 황금알을 낳는 거위의 배를 가르는 것이나 다름없는 일이었다. 황금도 거위도 없는 나는 그저 이 진기한 황금알 쇼가 언제 갑자기 막을 내릴까 초조한 마음으로 지켜볼 뿐이었다.

자기야, 나 진짜 될 것 같아. 예감이 좋아. 당연히 피자도 제대로 배울 거고. 친구가 그러는데 피자는 배우기도 쉽고 많이 남는대. 식자재도 유통가로 넘겨준다는데 이런 기회가 어딨어. 이거 잘되면 자기도 스트레스 안 받고 그림 그릴 수 있어. 작품 모아서 전시도 하고 학원도 하나 차리고 그러면 너무 좋잖아. 응?

그의 눈은 이미 써 내려갈 성공 신화에 대한 기대감으로 부풀어 있었다. 그리고 그 성공한 미래에 고맙게도 나를 초대해주었다. 병주는 항상 그런 식이었다. 성공한 미래를 상상하고 덤벼들었다가 좌절하고 또다시 상상하길 반복했다. 신기한 건 그러면서도 지금까지 단 한 번도 자신을 의심한 적이 없다는 것이다. 마치 부정 문법을 배운 적 없는 사람처럼. 어떻게 그럴 수가 있지? 그

천진함이 마침내 승리하는 결말을 보고 싶긴 했다.

그래. 해. 대신 제대로 해.

그런 말을 내가 병주한테 할 자격이 과연 있었을까. 앞가림 못 하고 있는 건 사실 난데.

*

그해가 가기 전에 병주는 집에서 멀지 않은 상가에 피자 가게를 열었다. 배달 매장이라 홀은 없고 주방과 픽업용 테이블 한 개뿐인 작은 매장이었다. 창업 비용은 고모가 댔다. 매출이 나오기 전까진 천천히 갚으라며 억 단위 자금을 계좌로 쏴 줬다. 차용증까지 썼지만 사실상 무이자 장기 대출이나 마찬가지였다. 그녀는 개업일에 맞춰 화분까지 보내왔다. 거대한 아레카야자였다. 찾아보니 공기 청정에 좋다기에 우리는 그 화분을 입구 쪽에 세워 두었다. 화분이 있으니 입구가 산뜻하니 보기 좋았.

우리 가게의 전략은 '브랜드 피자 퀄리티의 동네 피자'였다. 배달 매장이 살아남는 방법은 둘 중 하나였다. 브랜드 메뉴를 카피해서 가성비 있게 팔거나 독보적으로 맛있거나. 우리가 택한 건 전자였다. 병주는 의욕이 넘쳤다. SNS 홍보에도 열을 올렸다. 체험단까지 쓰면서 마케팅을 공격적으로 하고 배달 앱 상단에 뜨는 광고도 돌리자 점차 주문이 들어오기 시작했다. 첫 리뷰가 달렸을 땐, 캡처한 화면과 의기양양하게 가슴을 내민 너구리 이모티콘을 카톡으로 보내왔다. 너무 맛있다고, 동네에 맛있는 피자집이 생겨서 좋다는 리뷰였다. 나도 그 이미지를 저장해두었다.

 가게 문을 닫고 집에 돌아온 병주는 늘 싱글벙글이었다. 오늘은 어제보다 주문이 더 늘었다고, 앱에서 순위도 하나 올라갔다고 그런 얘길 즐거운 얼굴로 하는 걸 보고 있으면 나까지 덩달아 기분이 좋아졌다. 매출은 야금야금 꾸준히 올랐다. 오픈 후 얼마간은 병주 혼자서도 충분히 감당할 만했지만 점차 바빠지면서 나도 점심과 저녁 시간에 나가 손을 보태게 되었다.

 병주가 피자를 담당하고 내가 사이드 메뉴인 핫윙을 튀기고 포장했다. 주방이 좁아 두 사람이 움직이면 정신이 하나도 없었다. 피크 타임이 한바탕 휩쓸고 지나가면 병주가 주방을 정리하는 동안 나는 테이블에 앉아 피자 박스를 접고 그 위에 매직으로 그림을 그려 넣었다. 피자를 든 고양이, 배달하는 토끼, 따봉하는 곰 같은 것들이었다. 손님들이 이런 걸 좋아한다고 부탁하면서 병주는 내 눈치를 살폈다. 알량한 내 자존심을 걱정하는 모양이었지만 나는 아무렇지도 않았다. 이런 그림이라면 얼마든지 그릴 수 있었다. 내가 그려낸 귀여운 동물들은 아주 잠깐의 즐거움을 선사하고 식사가 끝나면 재활용 쓰레기로 분류될 거였다. 그 하찮음을 상기하면 손에서 주저 없이 선이 흘러나왔다.

  그림책 작업은 막바지 단계에서 정체 중이었다. 꼬마 쥐들이 어두운 쥐구멍을 밝힐 밝고 아름다운 것을 찾아 도시를 헤매다 상점가에 있는 트리를 보고 매료되어 트리 꼭대기에 달린 별을 훔치는 내용이었다. 쥐들이 트리에 올라 별을 따는 장면을 그려야 하는데, 별을 어떤 식으로 표현할지 고민이었다. 레퍼런스를 아무리 찾아봐도 이거다 싶은 게 없었다. 그렇다고 평범한 별을 그리고 싶진 않았다. 사람들에게 들키거나 차가 쌩쌩 달리는 도로를 건너는 위험을 감수하면서까지 훔치고 싶은, 조명보다 밝고 보석보다 빛나는 영롱한 별을 꼬마 쥐들에게 주고 싶었다. 그래서 다른 장면은 다 그려두고 별이 들어갈 자리만 비워둔 채로 시간을 까먹는 중이었다. 어쩌면 일이 없는 상태가 될까 두려워, 스스로 그 끝을 미루고 있는지도 모른다는 생각을 애써 외면하면서.

*

'맛없으면 짖는 개'가 나타난 건 개업하고 백 일을 막 넘겼을 때쯤이었다.

마감하고 온 병주의 표정이 좋지 않았다. 무슨 일이냐고 묻자 이상한 리뷰가 달렸다고 했다. 나는 배달 앱으로 들어가 우리 가게를 검색했다. 어떤 리뷰를 말하는지 바로 알 것 같았다. 최근 리뷰를 남긴 게 맛없으면 짖는 개였는데 닉네임대로 리뷰 창에 온통 왈왈왈로 도배를 해놓은 것이다.

이런 유의 콘셉트를 가진 사람들이 있다는 건 알고 있었다. 비슷한 아이디도 많았다. 맛있으면 짖는 개도 있고, 소도 있고, 매미도 있고…… 뭐, 리뷰를 어떻게 남기는지는 자유니까. 그런데 충격적인 건 맛없으면 짖는 개가 별점을 하나만 줬다는 거였다.

병주는 울상이었다. 지금까지 받은 리뷰가 50개에 평점이 4.9였는데 이 리뷰 하나 때문에 4.8로 떨어졌다고 했다. 리뷰가 적을수록 1점 리뷰가 전체에서 차지하는 비중이 커져서 평점 하락 폭도 클 수밖에 없다. 평점이 떨어지면서 동네 피자 가게 순위에서도 두 계단 밀려났다고 했다. 이 동네에만 피자 가게가 서른 곳이 넘는데 우리 가게는 그중 9위였고, 순위가 내려가면 그만큼 목록에서 스크롤을 더 내려야 보이게 된다. 그렇게 되면 자연스럽게 주문율도 줄어든다는 게 병주의 설명이었다.

고작 리뷰 하나 때문에 그렇게까지 되진 않을 거라고

나는 병주를 달랬다. 세상에 모두를 만족시킬 수 있는 음식은 없다고. 그래도 지금까지 리뷰들은 다 좋지 않았느냐고. 언젠가 겪을 일이었는데 그게 오늘이었을 뿐이라고. 나답지 않게 설탕을 듬뿍 친 말들을 늘어놨다. 하지만 병주는 내 말을 전혀 듣고 있지 않았다. 남들한테 자신의 결과물을 평가받는 게 병주에게 익숙한 일은 아니었다. 이런 쪽으로는 천하의 버즈도 내성이 없는 것이다. 침통한 얼굴로 소파에 무너져 있던 병주는 갑자기 뭔가가 떠올랐는지 반짝 살아나서는 내 친구들이랑 친정에 연락해서 포장 주문 좀 넣어달라고 했다. 피자는 내일 보낼 테니 미리 리뷰 좀 좋게 써 달라고. 피자 사진은 자기가 보내주겠다고 했다. 나는 혀를 찼다. 자기 친구들한테는 쪽팔려서 연락도 못 하는 불쌍한 병주.

그래. 이럴 때 묵은 정 도움 좀 받는 거지.

고마워 자기. 나 진짜 자기밖에 없어……

사건은 그렇게 일단락되는 듯했다. 그 뒤로 병주는 포장 상태도 더 신경 쓰고 이벤트 참여용으로 나갔던 감자튀김을 서비스로 끼워 넣기 시작했다. 물론 튀기는 건 내 몫이었다.

그리고 며칠 뒤 이번엔 '맛교수'가 리뷰를 남겼다.

맛은 나쁘지 않은데 오리지널리티가 없어서 B- 드립니다.

우리 피자는 솔직히 특색 있는 피자는 아니었다. 직접 소스를 만든다고 써놓긴 했지만 시판 소스에 향신료와 허브를 몇 가지 첨가한 게 다였다. 그래도 토핑들은 좋은 걸 썼다. 재료의 유통기한도 꼼꼼히 지켰고 주방도 늘 청결한 상태를 유지하려고 애썼다. 기생오라비처럼 고왔던 병주의 손은 여기저기 데고 베인 상처들로 성한 날이 없었다. 하지만 그건 당연히 지켜야 할 기본이지 오리지널리티와는 상관없는 부분이었다. 나는 병주의 눈치를 살폈다. 그는 평소처럼 피자 칼을 닦다 말고 거칠게 조리대를 쳤다.

요즘 같은 세상에 오리지널리티가 어딨어? 한 판에 고작 2만 원 돈 하는 피자 배달시켜 먹으면서 오리지널리티 운운하는 게 웃기지도 않나? 그렇게 오리지널리티를 찾고 싶으면 시카고 가서 딥디시를 처먹든지. 나폴리 가서 마르게리타를 처먹든지.

이번엔 달랠 말을 찾지 못했다. 요즘 같은 세상에도 꾸역꾸역 자신의 오리지널리티를 만드는 미친 사람들이 있었기에. 나도 한때는 그중 하나가 되고 싶었다. 서명을 남기지 않아도 어 이거 누구 작품이네, 하고 알아봄 직한 개성을 가진 작가가 되고 싶었다. 하지만 현실은 레퍼런스 사냥꾼일 뿐이었다. 별 하나 내 스타일로 그리지 못하는.

별이야 다 똑같잖아.

병주는 별을 그렸다 지우길 반복하는 나를 이해하지 못했다. 그에게 별은 그냥 별이었다. 이름 없는 빛의 점. 어디에나 있고 굳이 다르게 그릴 이유가 없는 것. 누군가에겐 똑같은 그 별에 나는 새로운 의미를 새기고 빛을 보태려 하고 있었다. 별이 나를 통과해 다른 빛을 갖길 바랐다. 하지만 그리면 그릴수록 분명해지는 건 붓을 쥐고 있다고 누구나 새로운 의미를 만날 수 있는 건 아니라는 사실이었다. 그건 의욕이나 숙련과는 완전히 다른 차원의 문제였다. 나의 방황으로 어둠 속에서 쥐들은 오래 버텨야 했다.

결국 나는 어딘가에서 봤음 직한, 무난하게 아름다운 별을 그려 보냈다. 은근히 담당자의 재고를 바랐지만 원고는 수월하게 컨펌이 났다. 마치 처음부터 당신에게 이 이상은 기대한 적 없다는 듯이.

*

맛없으면 짖는 개는 잊을 만하면 나타나 짖고 갔다. 우리 가게를 지나가다 오줌 갈기는 전봇대 정도로 여기는 게 분명했다. 개의 주문이 들어오면 병주는 감자튀김도 넣고 핫윙도 넣고 하다 하다 손 편지까지 써 넣었다.

연애할 때도 받아본 적 없는 편지였다. 그만큼 절실하다는 거겠지만 질투가 난 것도 사실이었다. 나는 지나가면서 슬쩍 편지를 훔쳐봤다. 내용은 짧았지만 절절했다.

많이 부족하지만 항상 주문해주셔서 감사합니다. 더 나은 맛으로 언젠가 만족시켜드릴 수 있도록 노력하겠습니다……

이게 대체 반성문인지 포부인지 짠해서 눈물이 날 뻔했지만 개는 매정했다. 그(혹은 그녀)에게 돌아오는 별점은 항상 1점이었다. 피도 눈물도 없는 놈(혹은 년)이 분명했다. 잇따른 테러에 결국 우리 별점은 4.7까지 떨어졌다. 쟁쟁한 프랜차이즈 매장 사이에서 별점 4.7의 동네 피자 가게란 사실상 사망 선고를 받은 거나 다름없었다.

그놈의 별 때문에 우리는 거의 노이로제에 걸릴 지경이었다. 별. 대체 별이 뭐길래. 오래전 밤하늘의 별이 인간에게 길을 안내하고 운명을 속삭였던 때처럼 우리의 일상은 온전히 별의 영향권 아래 놓여 있었다. 별점이 5점을 유지하는 날이면 엉덩이춤과 콧노래가 절로 나왔지만 그렇지 않은 날엔 병주의 신경이 바짝 곤두섰고, 그의 눈치를 살피느라 덩달아 나도 예민해졌다. 인정하고 싶지 않지만 개는 별의 영향권을 뒤흔드는 가장 거대한 태풍이었다. 아니, 태풍보다 더했다. 진짜 태풍이라면 언제쯤 닥칠지 예상이라도 할 수 있지만 개는 아무 예고도 없이 들이닥쳐 우리의 일상을 쑥대밭으로 만들어놨으니까. 우리는 놈의 횡포에 속절없이 당할 수밖에 없었다. 분하고 억울했다. 얼굴도 모르는 상대에게 이렇게 일방적으로 휘둘린다는 게. 더 열받는 건 내가 개를 어떻게든 이해하고 싶어 했다는 거다. 개의 정체는 무엇일까. 혹시 사회 부적응자가 아닐까. 이런 식으로 사회에 대한 불만을 풀 수밖에 없는? 아니, 개는 음침한 변태일 것이다. 자기 때문에 떨어지는 별점을 보면서 진득한 희열을 느끼고 있을지도. 그것도 아니면 개는 그냥 자기보다 약한 누군가를 눌러보고 싶었던 거다. 벌레를 잡듯 죄책감 없이 엄지로 꾹. 예의 바른 손님보다 진상이 더 좋은 서비스를 받는다는 현실을 너무 잘 알고 있으니까 어느 순간부터 그걸 소비자의 권리라고 믿게 돼버린 거다…… 의도가 뭐든 개는 진작에 선을 넘었다.

주문은 눈에 띄게 줄었고 병주는 어두운 얼굴로 주방을 서성이는 일이 많아졌다. 별이 떨어진 하늘이 밝을 리 없었다.

*

자영업자들이 모인 인터넷 카페에서는 그런 악질에

게 덴 사장들의 울분 섞인 글들을 심심찮게 볼 수 있었다. 별점을 인질처럼 쥐고 과한 서비스와 무리한 요구를 일삼는 이들에 대한 한탄과 분노와 저주가 담긴 글들이었다.

그림을 그려달라는 요청은 차라리 애교에 가깝고 아기가 먹을 거니 간을 따로 해달라거나 오는 길에 담배를 사다달라거나 집 앞에 놓인 쓰레기를 대신 버려달라는 식의 황당한 요구도 드물지 않다고 했다. 요청을 거절하거나 무시하면 인질이었던 별은 처참하게 처형당했다.

그중에서도 가장 악질은 이유 없이 별점 테러를 가하는 이들이었다. 차라리 맛이 없다거나 위생이 불만이라거나 배달이 늦었다거나 하면 이해라도 하겠는데 그냥 씹던 껌 뱉듯 별 하나를 퉤 뱉어놓고 가는 것이다. 별 하나는 치욕의 낙인이었다. 스스로 지울 수도 벗을 수도 없는. 아이디만 다를 뿐 개는 어디에나 있었고 그들은 자영업자들이 가장 두려워하는 상대였다. 나는 우리와 비슷한 일을 겪은 점주들의 수기를 읽다가 어떤 글을 발견했다. 꾸준히 이상한 요구를 해오던 손님이 있었는데, 점주가 직접 배달을 가서 얼굴을 마주하고 대화를 나눈 뒤로는 그런 일이 더는 없었다는 내용이었다. 찾아보니 대면의 힘을 경험한 사례가 드물지 않았다. 그렇게 두려워했던 권력이 얼굴을 갖는 순간 놀랄 만큼 쉽게 무너지는 것이었다. 졸렬하게도.

그 얘기를 병주한테 해줬더니 그는 떨떠름한 얼굴로 그렇게까지 해야 하냐고 했다. 아차 싶어 나도 얼른 동의했다.

우리가 뭘 잘못한 것도 아닌데. 당연히 그렇게까지 할 필요 없지.

좆 같은 새끼.

병주가 아무리 경우가 없어도 욕을 하는 사람은 아니었는데. 상상만으로도 자존심이 상했던 모양이었다. 체면이 중요한 병주로서는 힘들 게 뻔했다. 괜한 얘길 꺼낸 것 같아서 민망해하고 있는데 오히려 병주가 나에게 사과했다.

미안해. 욕해서.

병주가 내 배를 쓰다듬으며 겸연쩍게 웃었다. 안색이 나빴다. 개도 개지만 잠을 줄이고 이른 새벽부터 가게에 나가는 탓이었다.

어느 순간부터 병주는 정말 이 일에 진심을 쏟아붓고 있었다. 한가할 때도 쉬지 않고 소스 배합을 바꿔가며 연구했고, 시판 소스를 쓰는 대신 홀 토마토부터 직접 만들기 시작했다. 캔 안에 든 게 정답이라고 믿었던 자신이 믿기지 않는다고 했다. 나는 병주의 그런 변화가 놀라웠다. 내가 아는 병주는 뭐든 쉽게 시작하고 쉽게 털어버리는 사람이었다. 이 사업도 처음엔 그중 하나였을 것이다. 잘되면 좋고, 아니어도 어쩔 수 없는. 뭐든 끝내고 나면(어떨 땐 끝내기도 전에) 늘 그의 마음을 부풀게 하는 새로운 예감이 찾아오곤 했으니까. 그러나 이번엔 뭔가 달랐다. 제대로 해내고 싶은 마음이 생긴 모양이었다. 그런 진심을 드러내는 일이 못내 쑥스러웠는지 병주는 멋쩍게 웃으며 우리 가게만의 시그니처 메뉴를 만들면 좋을 것 같다고 말했다.

오리지널리티.

나는 속으로 그 말을 되뇌었다. 오리지널리티 좋지. 자기만의 것. 인장을 가지게 된다는 건 분명 황홀하고 멋진 기분일 것이다. 나는 「멋쟁이 토마토」를 멋대로 부르며("나는야 소스 될 거야") 소스를 만드는 병주를 낯설게 바라보았다. 그 마음을 들여다보는 일이 은근히 반가우면서도 조금 두렵기도 했다. 진심이 된다는 건 멈추지 못한다는 뜻이니까. 그것이 나를 기쁘게 하는 딱 그만큼 나를 무너뜨릴 수 있다는 걸 알면서도 계속 갈 수밖에 없는 게 진심이니까. 그건 스스로를 매일 시험대에 올리는 일이자 밤잠을 설치게 하는 일이기도 하다. 내가 그림을 그리며 배운 게 있다면 진심은 대체로 사람을 살게 하지만 갉아먹기도 한다는 거였다. 세상에 완전히 무해한 진심이란 없다.

나는 병주가 속물이라서, 겉과 속이 같아서, 철부지라서, 마음에 그늘이 없는 양지의 인간이라서 좋았는데. 그래서 오래 지켜주고 싶었는데.

 나는 토마토 냄새를 풍기며 잠든 병주의 머리를 가만히 쓰다듬으며 속삭였다.

 병주야. 너무 진심이 되진 마.

*

 개가 한번 짖고 갈 때마다 깎인 별점을 만회하느라 이벤트를 열고 쿠폰을 뿌렸다. 그러면 주문이 반짝 쏟아졌다. 터진 콩 주머니 사이로 콩 쏟아지듯이. 사람들은 단순했다. 너무 단순해서 무서울 정도였다.

 나는 열심히 서비스 핫윙을 튀겼다. 냉동된 핫윙을 급하게 튀김기에 넣다가 팔에 기름이 튀기도 했다. 너무 뜨거워서 악 소리가 절로 나왔다. 찬물을 틀어놓고 팔뚝을 대고 있는 나를 보고 병주가 피자 도를 빚으며 슬픈 얼굴로 말했다.

 자기, 거기 아래 화상 연고 있어. 튀김기 쓸 땐 소매 긴 옷 입고 하는 게 나아.

 변했다. 변했어…… 내가 아는 병주였다면 호들갑 떨면서 얼른 병원 가자고 등을 떠밀었을 텐데. 이게 다 개

같은 개 때문이었다. 나는 미술 학원에서 아르바이트하던 시절에 쓰던 팔 토시를 가져와 꼈다. 기름기를 잔뜩 먹은 토시를 낀 채로 피자 박스에 그림을 그렸다. 그림이 귀여워서 재주문한다는 리뷰를 봤을 땐 솔직히 기뻤지만 어쩐지 좀 서글프기도 했다. 그럼 나는 얼른 호르몬을 탓했다.

임신 사실을 알게 된 건 5주 차 때였다. 생리가 없어서 혹시나 하고 해본 임테기에 또렷하게 두 줄이 떴다. 타이밍이 나쁜가, 하고 생각한 나와는 달리 병주는 멍청이 같은 춤을 추면서 기뻐했다. 그 모습을 뱃속에 있는 녀석이 못 본 게 아쉬울 정도였다. 병주는 곧장 나에게 매장 출입 금지령을 내렸다. 매장은 자기가 책임질 테니 집에서 푹 쉬라고. 처음엔 못 이기는 척 그렇게 했지만 안정기에 접어든 뒤부터는 슬금슬금 다시 출근 도장을 찍기 시작했다. 병주는 혹시라도 누가 임신한 아내를 부려먹는다고 할까 봐 걱정했지만, 내가 곁에 있으면 한결 마음이 놓이는 눈치였다. 나 역시 집에 혼자 있는 것보다 매장에 나와 있는 쪽이 마음이 편했다.

매장이 빨리 자리 잡아야 자기가 좀 편하게 쉴 수 있을 텐데.

병주는 남자가 일하고 여자는 집에서 내조하고 아이를 키우는 게 당연하다고 여겼다. 그런 보수적인 가치

관을 굳이 에둘러 말하거나 숨기지도 않았다. 대중적인 감수성을 어설프게 흉내 내지도 않았다. 그는 경제력이 있는 쪽이 가장의 역할을 맡는 게 마땅하다고 믿었고 그 확신은 말투와 태도에서 은근하게, 때로는 노골적으로 묻어났다. 예전엔 그런 모습이 못마땅했다. 시대착오적이라고 생각했고 나를 가두려는 틀처럼 느껴져 은근히 반발심도 들었다. 그런데 요즘은 오히려 고맙게 느껴졌다. 나는 병주의 헌신을 마음껏 누렸다. 입혀주고 먹여주고 재워주는 병주의 팔 안에서 마음껏 어리광을 부렸다.

임신 소식을 전했을 때 엄마는 이 서방한테 잘하라고 했다. 밉보이지 말라고. 밥도 잘 챙겨 주고 임신이 벼슬은 아니니 너무 살찌지 않게 관리를 하라고 했다.

엄마는 평생 누구 밑에서 일을 해본 적이 없었다. 처녀 적엔 외할아버지 덕에, 결혼 후엔 아빠 덕에 평생 집에서 사랑받고 살림만 하면서 곱게 늙었다. 그러니 엄마가 해줄 수 있는 조언이란 죄다 그런 것뿐이었다. 남자의 부모에게 잘해라, 남자의 마음이 떠나지 않게 가꿔라―하는 식의.

나는 그런 말보다 차라리 맛있는 거 사 먹으라고 용돈이나 찔러주길 바랐지만 엄마의 용돈은 죄다 오빠의 주머니로 흘러 들어갔다. 엄마 아들은 집안의 모든 기대와

별개의 문제

지원을 등에 업고 영국 유학까지 갔다 왔지만 사업을 대차게 말아먹고 이혼당한 지금은 지방에서 혼자 살고 있다. 명절에나 얼굴을 비추는 그는 엄마를 꼭 닮은 얼굴로 매번 아픈 곳을 찔렀다.

너 아직도 그림 그린다고 깝치냐?

그럼 나도 지지 않고 짖었다. 나는 오빠 한정 미친개였다.

어. 나 아직 깝치는 중이야. 그러는 너는 돈 처먹는 기계잖아. 언제까지 염치없이 처먹기만 할 건데?

그림 그린다고 깝치는 나를 병주가 얕잡아 보지 않아서, 무시하지 않아서, 고맙고 미안해서 나는 튀김기 앞에 서서 열심히 핫웡을 튀기고 박스에 그림을 그렸다.

핫웡은 네 조각에 5천5백 원. 원재료비에 포장과 조리 인건비, 전기세, 배달 앱 수수료를 더하면 원가는 3천 원(병주의 손 편지와 내 박스 그림은 모든 제품의 원가에 포함되지 않는다). 핫웡을 팔면 2천5백 원이 남는 셈이다. 그 2천5백 원은 내 자격지심의 값이었다. 적어도 그 몫은 제대로 지켜낼 생각이었다.

*

비 소식이 있던 금요일 저녁이었다. 개가 주문을 넣었

다. 잠시 고민하던 병주는 결국 주문을 취소했다. 동일 고객의 반복 클레임은 주문 취소 사유에 해당했다. 점주가 진상한테 꺼내 들 수 있는 유일한 무기를 꺼내 든 것이다.

진작에 이랬어야 하는 건데.

언젠가 알아주겠지, 이러다가 그만하겠지. 그런 마음으로 오래도 참았다. 어쨌든 주문 횟수로만 보면 개는 단골이니까. 하지만 장기적으로 보면 생존을 위협하는 암 덩어리 같은 존재였고 가게를 위해 결단이 필요한 시점이었다. 주문을 취소하고 나니 속이 후련했다. 내가 잘했다고 잘게 박수를 치자 병주가 오랜만에 웃었다.

잠시 후 새로운 주문이 들어왔다. 병주는 콧노래를 부르며 피자를 구웠다. 최근 병주가 만든 소스로 바꾸고 나서 주문이 조금씩 늘고 있어서 우리는 적게나마 안심하고 있었다. 이대로만 하면 다시 별점을 올릴 수 있을 것 같았다. 개만 입을 다물면 못 할 일도 아니었다. 나는 피자 박스를 꺼내고 피클과 콜라를 미리 비닐에 부려두었다.

구워진 피자를 박스에 넣고 영수증을 확인하던 병주가 갑자기 얼굴을 구겼다.

왜 그래?

그 새끼야.

아이디는 다른데 주소가 맞다고 했다. 나도 확인했다. 정말로 개의 주소였다. 잊으려야 잊을 수 없는 주소였다. 말문이 막혔다. 이건 정도가 지나쳐도 한참 지나친 짓이었다. 우리한테 도대체 무슨 억하심정이 있길래 이렇게까지 하는 걸까. 병주는 굳은 얼굴로 한동안 영수증을 들여다보더니 마저 포장을 마쳤다. 그러고는 직접 배달을 다녀오겠다고 했다. 나는 고개를 저었다.

됐어. 그냥 취소하자.

아냐. 어차피 만든 거니까 갖다주고 올게. 계속 장사 하려면 어쩔 수 없잖아. 이 사람도 내 얼굴 보면 이제 그런 짓 못 할 거야. 그래도 같은 사람인데.

그래. 사람은 사람이겠지. 적어도 겉보기엔. 나는 그 말을 삼킨 채 마뜩잖은 얼굴로 병주를 바라보았다. 병주가 달래듯 살짝 미소를 지어 보였다.

다녀오면 오늘은 일찍 퇴근하자.

결국 고개를 끄덕일 수밖에 없었다. 병주가 조수석에 피자를 싣고 나를 향해 손을 흔들었다. 나도 가볍게 손을 들어 답했다. 그가 차를 몰고 사라지는 모습을 바라보며 문득 우리가 참 많이 변했다는 생각을 했다.

얼마 지나지 않아 비가 쏟아지기 시작했다. 평소 같았으면 주문이 밀려들기 시작할 타이밍이었지만 개의 주문을 마지막으로 영업을 종료해두었다. 정산을 마치고 포스까지 끄고 나니 가게 안은 빗소리로 가득 찼다. 나는 의자에 앉아 비를 구경하며 병주를 기다렸다. 고만고만한 겨울비가 아니라 나무에 매달린 마른 잎들을 기어이 다 떨구겠다는 고집이 느껴지는 억센 빗줄기였다.

  나는 배 위에 가만히 손을 얹었다. 손바닥 아래로 작은 둔덕이 느껴졌다. 30년 넘게 길쭉하고 마른 몸이었는데 몇 주 만에 몸의 윤곽이 달라지고 있었다. 배 안에 있던 둥그런 치즈가 조금씩 밀려 나오는 모양새로. 거울 앞에 서면 배만 불룩 튀어나온 게 꼭 틀에 맞지 않은 서랍을 억지로 밀어 넣은 것처럼 보였다. 낯설었지만 누가 뭐래도 그건 내 몸이었고 내 것이었다. '별'이라는 태명은 그런 마음에서 붙인 거였다. 나만의 별을 가지고 싶었던 마음과 그 별을 꼭 지켜내고 싶다는 병주의 마음이 겹쳐 있었다. 요즘 나는 부쩍 배에 손을 얹고 말을 거는 일이 많아졌다.

  별아. 엄마랑 아빠는 소개로 만났어. 처음엔 별로 맘에 안 들었는데 볼수록 좀 귀여운 거야. 쥐뿔도 없으면서 명품 좋아하는 것도 웃기고…… 자긴 뭐든 다 할 수 있는 줄 알아. 지가 슈퍼맨이야 뭐야…… 근데, 난 별이가 아빠 닮았으면 좋겠어. 아빠는 용감하거든. 이 세상은 용감하거나 미치지 않으면 살아남기가 어렵거든……
    ……

깜빡 잠이 들었다. 눈을 뜨자 밖은 어두워지고 빗줄기도 더 거세져 있었다. 시간을 확인하니 병주가 나간 지 두 시간이 가까워 오고 있었다. 비 때문에 차가 막히나. 전화를 걸었다. 신호음이 길게 이어졌지만 받지 않았다. 다시 걸었다. 이번엔 신호음이 끊기기 전에 연결됐다. 수화기 너머로 이질적인 정적이 이어졌다. 어쩐지 불길한 느낌이 드는 정적이었다.

긴 침묵 끝에 병주의 쉰 목소리가 흘러나왔다.

—이 새끼가…… 다 장난이었대. 장난친 거래. 자기 관종이라고……

웃는 건지 우는 건지 알 수 없는 흐느낌에 말문이 막혔다. 낯선 목소리였다. 내가 모르는 병주의 목소리. 뭉개진 채 이어지던 소리는 돌연 또렷해졌다.

—우리 피자가 너무 맛있대. 진짜 잘 먹더라.

목소리에서 기묘한 환희가 묻어났다. 그 순간 나는 병주가 아직 거기에 있다는 걸 알아차렸다.

—근데 먹을 자격 없잖아. 씨발. 내가 이걸 어떻게 만든 건데.

뭔가를 무겁게 끄는 듯한 소리가 짧게 두 번 났다. 그 사이로 칼집을 내듯 거친 숨소리가 끼어들었다.

병주야.

전화가 끊겼다.

나는 한참 동안 휴대전화를 쥔 손을 내려놓지 못했다. 얼굴에서 열이 확 끓었다 식었다. 자리에서 일어나 가게 불을 끄고 차 키를 챙겼다.

　비 때문에 시야가 좁았다. 차는 분명 앞으로 나아가고 있었지만 어쩐지 현실감이 전혀 느껴지지 않았다. 마치 꿈속에서 운전을 하는 것처럼. 빗줄기가 작고 집요한 손처럼 차체를 아프게 때렸다. 차는 천천히, 묵직하게 앞으로 나아갔다. 혹시 내가 너무 늦은 거면 어쩌지. 손끝이 차갑게 굳었다. 아무 일도 없을 거라고 스스로를 달래보았지만 확신이 없었다. 그 불안 속에서 엉뚱하게도 음식물 처리기가 떠올랐다. 정말 늦었다면, 우리에게 필요한 건 그것일 거다. 개를 집어삼키고 흔적 하나 없이 사라지게 할 거대하고 똑똑한 구덩이.
　상상 속 병주가 손을 탁탁 털며 말했다.
　됐지? 그러니까 우리 이제 잊자.
　그래, 그러자고 너무 쉽게 동의하는 상상 속의 나. 우리에겐 지켜야 할 것이 있으니까.
　눈꺼풀이 점점 무거워졌다. 별이를 가진 뒤로 시도 때도 없이 졸음이 쏟아졌다. 음악을 틀자 오늘 아침에 들으면서 왔던 동요가 명랑한 음색으로 흘러나왔다.
　산토끼 토끼야 어디를 가느냐―

별개의 문제

깡충깡충 뛰면서 어디를 가느냐—

글쎄. 토끼는 어디를 가고 있었을까. 목적지엔 무사히 도착했을까.

나는 이 노래를 들을 때마다 꼬리가 빠져라 도망치는 토끼를 뒤에서 바라보면서 총을 겨누는 엽사를 떠올리곤 했다. 숨을 멈추고 조준경 너머로 토끼의 뒤통수를 겨눈 채 참을성 있게 타이밍을 기다리는 엽사를.

와이퍼가 부지런히 움직이며 토끼의 둥근 등허리를 그려내고 있었다. 나는 그 토끼가 최대한 멀리 도망칠 수 있기를 바랐다. 진심으로.

인터뷰

박민경
×
조연정

조연정 안녕하세요, 박민경 작가님. 처음 인사를 드리게 되어 반갑습니다. 이번 계절 〈소설 보다〉 지면으로 독자들과 만나게 되셨는데 간단히 소개를 부탁드려도 될까요. 2022년 『세계일보』 신춘문예에 「살아있는 당신의 밤」으로 작품 활동을 시작하신 이후 데뷔 4년 차를 보내고 계십니다. 그간 젊은 동료 작가들과 함께 앤솔러지 작업에도 참여하며 활발히 작품 활동을 해오셨는데요. 소설가로 지내온 지난 시간들이 어떠셨는지 궁금해요.

박민경 안녕하세요. 〈소설 보다〉를 통해 인사드리게 되어 반갑습니다. 벌써 4년 차라니요. 시간이 참 빠릅니다. 아직도 데뷔했다는 사실이 낯설게 느껴질 때가 잦은데 말이에요.

'활발하다'라는 형용사를 떠올리면, 자신의 의지대로 몸을 움직일 수 있다는 것을 막 깨달은 아이가 연상됩니다. 구르고 달리고 춤도 추면서 '오 이런 느낌!' 하고 놀이하듯 자신의 몸을 이해해가는 아이들이요. 지난 4년은 저에게 그런 시간이었던 것 같아요. 사고의 관절들을 이리저리 움직여보며 어떻게 하면 더 자연스럽고 나다운 움직임을 만들 수 있을까 고민해왔던 것 같습니다.

조연정　데뷔작 「살아있는 당신의 밤」을 흥미롭게 읽었던 기억이 있습니다. 이 소설은 루게릭병을 앓았던 옛 연인의 몸에 이식한 '미나스'라는 gps 장치가 오작동하여 죽은 연인으로부터 신호를 받게 되는 '나'에 관한 이야기입니다. '나'는 대학 시절 흠모했던 동아리 선배와 졸업 이후 우연히 재회하게 되어 연인 관계로 발전하지만 결국 불행한 이별을 맞이하게 됩니다. 예기치 못했던 방식의 갑작스러운 이별이 설정되어 있기는 하지만, 이 둘의 문제는 서로의 작업에 대해 "존중하는 동시에 멸시한다는 거였"고 그 이유로 인해 애초에 서로가 이별을 예감하고 있던 상태였기도 합니다. 영화를 포기하고 "어떤 문제의식이나 감정이 끼어들 틈 없는 촬영들"을 하며 돈을 벌기로 작정한 '나'는 "카메라를 내려놓지 못했던 알량한 자존심"으로부터 해방되어 오히려 편안해졌지만, 선배는 그런 '나'를 모른 척하는 방식으로 '나'에게 상처를 줍니다.

이러한 장면은 「별개의 문제」에서 그림책을 그리는 일을 하는 '나'가 고객들의 환심을 사기 위해 피자 박스에 그림을 그려 넣으며 느끼는 자괴감으로 이어지기도 합니다. 그림책에 들어갈 특별한 '별'을 그리고 싶었던 「별개의 문제」의 '나'의 고민과, 선배의 신호를 따라 생전의 선배처럼 카메라를 들고 산속으로 들어간 데뷔작의 '나'의 모습이 오버랩되기도 하는데요. 이런 작품들을 통해 작가님은 우리 시대의 예술이 처한 어떤 곤경을 고민해보신 것일까요?

박민경 예술이 현실의 한가운데 놓여 있기 때문에 발생하는 곤란함이라고 할까요. 그건 예술에 대한 진심을 유지하면서 동시에 생존해야 한다는 뜻이니까요. 어떻게 먹고살 것인가와 어떻게 만들 것인가는 사실 한 몸인데, 막상 현실에서는 자꾸 따로 떼어 생각하라고 요구받는 느낌이 있습니다.

「별개의 문제」의 '나'가 피자 박스에 그림을 그리는 장면은 예술가가 시장과 소비자의 요구에 맞춰 예술을 재생산하는 현실을 보여줍니다. 나만의 '별'을 그리고 싶다는 열망과 '귀여운 그림'으로 피자 박스를 채우는 노동 사이의 간극에서 오는 자괴감은 예술이 '고결한 창작물'이 아니라 '생계를 위한 기능'으로 취급될 때 동반되는 상실감이기도 하고요.

데뷔작에서 '현수'가 알량한 자존심을 내려놓고 편안함을 택했지만 결국 상처 입었듯이, 「별개의 문제」의 '나' 역시 현실과 타협하면서도 예술가로서의 자의식을 끝내 포기하지 못한 인물입니다. 둘 다 예술이 아닌 일로 먹고살아야 하는 현실을 받아들이면서도 그 사실이 마음 한구석에서는 끝내 농담이 되지 않는 사람들이죠. 그들을 통해 보여주고 싶었던 건 거창한 예술론이라기보다는, 그 사이에 끼어 곤란해하는 사람의 얼굴이었어요. 몸 밖에선 생계와 예술이 말 그대로 별개의 문제인 것처럼 다뤄지지만, 정작 당사자의 몸과 마음 안에서는 전혀 분리되지 않는다는 점이, 그 오래된 모순이 우리 시대 예술이 놓인 자리의 곤란함과 맞닿아 있다고 생각해요.

조연정 회사에서 이유 없이 따돌림을 당해 직장도 잃고 일상도 잃게 된 '희원'이라는 인물이 등장하는 「여름의 단어」라는 소설에는 "그저 숨을 쉴 수 있을 정도의 선의만 주어진다면 살 수 있다"라는 문장이 나옵니다. 「별개의 문제」에서 신혼부부인 '나'와 '병주'가 겪게 되는 시련 역시 마치 '왕따'처럼 이유를 알 수 없는 '익명의 적의'로 인한 것이라는 생각이 들어요. 어린 시절 유복하게 자라 현실 감각이 다소 떨어지는 '병주'는 남들에게 보여지는 삶을 중요하게 생각하는 철없는 인물로 그려지는데, 그런 그가 친척의 도움으로 시작하게 된 피자집 사업에 진심으로 최선을 다하게 되며 점차 변해가는 모습은 '나'에게 왠지 모를 연민을 불러일으키기도 합니다. 고객들의 별점 하나하나에 신경을 쓰며 피자 맛의 "오리지널리티"까지도 고민하던 그의 사업은 아이디 "맛없으면 짖는 개"의 별점 테러로 인해 휘청이게 됩니다.

「살아있는 당신의 밤」의 불치병도, 「여름의 단어」의 왕따도, 그리고 「별개의 문제」의 별점 테러도, 결국 아무리 애를 써도 극복할 수 없는 어떤 '익명의 적의', 즉 '불운' 때문이라고 할 수 있지 않을까,라는 생각이 드는데요. 이처럼 피할 수 없는 '불운' 앞에 놓인 인물들을 통해 작가님이 말하고 싶었던 것이 무엇일까 궁금했습니다.

박민경 역으로 생각해보면 '실명의 적의'는 어떻게든 돌파할 수 있는 듯합니다. 회사에서 유독 나를 괴롭히는 상사나, 모임에서 나를 험담하는 누군가처럼 이름과 얼굴이 있는 적의는 피하거나 어느 정도 응수할 수 있죠. 하지만 '익명의 적의'나 '불운' 앞에서 인물은 대체로 무력해지지요. 그런 상황에 놓인 이들은 결국 자신도 몰랐던 '어떤 면'을 끌어내게 되고, 그렇게 드러난 '어떤 면'이야말로 정제될 기회가 없었던 가장 본질적인 자신이자 본능에 가까운 부분이 아닐까 싶습니다.

「살아있는 당신의 밤」의 '재언'은 마치 불운을 예감하고 있었던 사람처럼 흔들림이 없고,

「여름의 단어」의 '희원'은 연약한 것들과 주고받는 사소한 구원을 통해 그 불운을 통과합니다. 「별개의 문제」의 '병주'와 '나'는 불운을 감당하는 잘못된 방식까지 함께 끌어안으며 오히려 진정한 의미의 가족이 되어가죠. 이렇게 보니 패배하는 인물은 없었군요. 숨겨왔던 파이터 기질이 이렇게 티가 나는 것일지도요. 하하.

결국 저는 인물들이 어떻게든 불운을, 다시 말해 삶을 통과하고 계속 나아가길 바랐던 것 같습니다. 그 과정을 통해 발견한 '어떤 면'이 앞으로 살아가는 데 필요한 무기 중 하나가 되어주길 바라면서요.

조연정 그리고 그 불운은 「별개의 문제」에서는 무엇엔가 '진심이 된다는 것'과 이어지기도 합니다. '나'의 말에 따른다면 "진심은 대체로 사람을 살게 하지만 갉아먹기도" 하는 것인데, "아침 햇살 같은 낙관과 긍정 엔진을 탑재한" 어느 정도 "속물"이었고 "겉과 속이 같"은 "철부지"였던 '병주'는, 어느샌가 피자를 만들고 포장하고 배달하는 일에 진심이 되어 스스로를 갉아먹는 인물이 되어갑니다. 자신들의 결혼을 "문명 충돌"

이라고 말할 만큼 각자 자라온 배경과 성향과 습성이 달랐던 이 둘은 '나'가 그림책 작업에 대해 그랬듯 '병주' 역시 자신의 일에 진심으로 임하게 되면서 서로 같은 처지가 되어갔던 것인지도 모르겠습니다. 어려서부터 상대적으로 자신에게 호의적인 환경에 놓여왔던 '병주'는 왜 진심을 다해 애쓰기 시작한 순간 세상의 적의와 마주하게 되었던 것일까요? 세상의 이치가 그러한 것일까요?

박민경 아무래도 진심을 드러내는 순간부터 상처받기 쉬운 상태가 된다고 생각해요. 그래서인지 진심이라고 하면 손잡이 없이 날만 남은 검이 떠오릅니다. 쥐는 순간 나를 지켜주기도 하지만, 동시에 쥔 손부터 베어버리는 검이죠. 게다가 어떤 진심들은 그 상태를 유지하길 강요하는 데서 그치지 않고 기어이 나를 절벽 끝으로 몰아붙이기도 합니다.

'병주'는 운 좋게 세상과 크게 부딪치지 않고 살아온 인물이었지만, 처음으로 무언가에 진심이 되면서 세상의 매운맛을 피부로 느끼게 됩니다. 그 과정에서 그의 진심은 별점이라는 수

단을 통해 너무 쉽게 평가되는데요. 그건 '병주'의 잘못이라기보다, 진심이 세상에서 유난히 취약하게 작동하는 구조 때문일 테지요. '병주'가 겪은 적의는 결국 진심이 노출된 인간이 감내해야 하는 통증 같은 것이었다고 생각합니다.

다시 말해 '병주'가 세상의 적의를 마주하게 된 건, 아이러니하게도 그가 비로소 삶을 제대로 살아가기 시작했기 때문일지도 모릅니다. 불행히도 그가 마주한 현실은 '진심을 다하면 좋은 일이 생긴다'며 누구나 믿고 싶은 말을 상냥하게 건네는 쪽이 아니라, '진심은 늘 대가를 요구한다'며 손을 베어 가는 쪽이었고요.

조연정 이 소설의 마지막 장면은 '병주'가 '맛없으면 짖는 개'에게 자신이 감당해야 했던 '적의'를 폭력적으로 돌려준 듯한 불길한 암시를 줍니다. 이 같은 다소 섬뜩한 결말을 통해 작가님이 의도하신 바가 있다면 무엇일까요?

박민경 '병주'의 폭력은 단순한 복수라기보다, 진심이 극한으로 몰렸을 때 일어나는 변질에 가깝다고 생각해요. 진심이 통하지 않는 세계에서 기능을 잃은 진심의 언어가 결국 폭력의 언어로 형태를 바꿔버린 거죠. 어쩐지 진심은 발현과 동시에 그 자체로 완성형이라고 여겨지는 경우가 많지만, 저는 언제든 다른 형태로 변할 수 있는 진행형에 가깝다고 생각해요. 심지어 '병주'의 경우 이제 막 생겨난, 작고 소중한 진심이었잖아요. 잘 키워나갔다면 이 구역의 피자왕 정도는 거뜬히 만들어줄 잠재력을 가진 진심이었을지도 모르죠. 하지만 '개'를 만난 뒤 그 진심은 극단적인 수단, 곧 폭력으로 변질되고 맙니다. 그 과정을 통해 말하고 싶었던 건 진심이라고 해서 언제나 선한 방향으로만 흘러가지는 않는다는 것과 누구나 그런 방향 전환의 가능성을 가지고 있다는 거였어요.

또 한편으로는 '병주'가 마주한 적의가 사라지지 않고 형태를 바꾸어 다시 세상에 방출된 거라고 볼 수도 있겠죠. 탁구공을 주고받듯이요. 제가 느끼기에 적의라는 감정은 소멸하기보다는 상대를 감염시킨 뒤 옮겨 가며 순환하는 것 같거든요. 너에게서 나에게로, 다시 나에게서 너에게로. 나쁜 것일수록 더 쉽게 감염

되고 순환하니까요. 그 순환의 고리 속에서 인간이 벗어나기가 얼마나 어려운지, 또 얼마나 쉽게 서로 닮아버리게 되는지를 생각하게 됩니다.

조연정 '나'가 그리고 있는 그림책은 "꼬마 쥐들이 어두운 쥐구멍을 밝힐 밝고 아름다운 것을 찾아 도시를 헤매다 상점가에 있는 트리를 보고 매료되어 트리 가장 위에 달린 별을 훔치는 내용"입니다. 작은 쥐들이 차가 쌩쌩 달리는 도로를 건너는 위험을 무릅쓰면서까지 훔치고 싶은 별을 평범하게 그리고 싶지가 않아, '나'는 "조명보다 밝고 보석보다 빛나는 영롱한 별"을 꼬마 쥐들에게 주고 싶어서 고심합니다. '병주'는 그런 '나'를 이해하지 못하고, 결국 무난히 아름다운 별을 그려서 그림책을 마무리했지만 담당자도 별의 모양에는 크게 관심이 없었습니다. "개 같은 개"의 별점 테러가 주요한 소재가 되기 때문에 이 소설의 제목 「별개의 문제」는 '별'과 '개'의 문제로 읽히기도 하는데요. 소설에 등장하는 두 종류의 별을 생각해보자면, '나'의 진심 어린 애씀과 세상의 선의 혹은 적의는 '별개의 문제'

라는 뜻으로 읽히기도 합니다. 제목을 지으면서 어떤 생각을 하셨을까요.

박민경 소설에서 일어나는 사건의 원인이자 축이 '별'과 '개'이기 때문에, 이 두 단어는 제목에 반드시 넣고 싶다는 욕심이 있었어요. 그러다 자연스럽게 「별개의 문제」를 떠올렸습니다. 처음에는 말 그대로 '별'과 '개'의 문제라는, 약간 장난스러운 말놀이에 가까웠는데요. 붙여놓고 보니 읽어주신 것처럼 '나의 애씀과 세상의 반응은 별개의 문제'라는, 조금 매정하면서도 그래서 더 현실적인 의미까지 품을 수 있겠다는 생각이 들었습니다. 내 진심이 세상에 닿는다고 해서 그것이 늘 이해나 선의로 돌아오는 건 아니니까요.

또, 우리가 '별개의 문제'라는 말을 쓸 때는 늘 복수의 문제가 얽혀 있잖아요. 그중 어떤 것을 '타당한 문제'로 남겨두고, 어떤 것을 '별개의 문제'라고 잘라내느냐에 따라 상황의 구조가 달라지거나 명확해지기도 하고요. '그건 엮지 마, 여기까지만 해' 하고 선을 긋는 단호한 표현이기도 하지요.

읽히는 그대로 받아들여주셔도 좋지만, 소설 속 '나' '병주' '개'가 각자 어떤 애씀으로부터 외면받았는지, 또 무엇을 별개의 문제로 치부하고자 했는지 여러 방식으로 읽히기를 바랍니다.

조연정 비단 요식업뿐일까요? 어떤 분야의 작업이든 무작위로 실시간 평가의 대상이 되는 시대라 할 수 있습니다. 즉각적으로 폭발적인 반응을 얻는 작업과 그렇지 않은 작업으로 모든 결과물이 이분화된다는 생각이 들기도 하는데요. 달리 말하면 어떤 작업이 뒤늦게 천천히 혹은 오랫동안 그 가치를 인정받을 가능성은 점점 희박해진다는 뜻이기도 합니다. 이러한 시대에 예술을 한다는 것, 특히 소설을 쓴다는 것은 여러모로 쉽지 않은 일이라는 생각이 점점 더 강해집니다. 작가님은 본인의 작품에 대한 감상의 말들에 영향을 많이 받으시는 편일까요? 독자의 반응과 쓰기의 보람은 작가님에게 서로 어떤 영향 관계가 있을까요?

박민경 쓰는 사람이라면 독자의 반응에 영향을 받지 않는다는 건 거짓말일 거예요. 특히 지금처럼 모든 작업물에 대해 실시간으로 반응이 나타나고 평가가 달리는 시대에는 더 그렇고요. 어떤 감상이든 겸허하게 받아들이고 싶지만 아직은 잘 안 되네요. 회사에서도 4년 차면 대리급일 텐데, 사실 대리가 위아래로 눈치를 제일 많이 보잖아요. 좋다고 하면 기쁘고, 별로라고 하면 속상하죠. 그래도 그게 이후의 작업의 방향을 바꿀 만큼 큰 영향을 미치지는 않는 것 같아요. 좋다고 해서 더 열심히 쓰고, 별로라고 해서 덜 열심히 쓸 수는 없으니까요. 그냥 울거나 웃으면서 그때그때 할 수 있는 일을 하려고 합니다.

다행히 쓰기의 보람은 외부에서 얻어지는 것보다 쓰는 행위 자체에서 오는 쪽이 더 큰 것 같아요. 물론 먹어주는 사람이 있으면 요리할 맛이 나겠지만, 아무도 먹어주지 않아도 저를 위해 도마를 꺼내고 칼을 들 거예요. (그래도 혹시 모르니까 의자도 몇 개쯤 준비해두고요.)

조연정 첫 질문으로 작가로 지내온 지난 시간들에 대해 여쭈었는데, 앞으로의 계획에 대해서도 묻고 싶어요. 최근 관심을 갖고 계신 소재는 무엇인지, 어떤 작품을 쓰고 계시는지도 궁금하네요.

박민경 늘 가까운 계획이자 목표는 좋은 글을 쓰는 일입니다. 그러기 위해선 건강한 육체와 정신, 광합성과 환기, 영양가 높은 식사와 강아지·고양이 테라피, 작은 음모들, 끝내주는 플레이 리스트까지 여러 요소가 고루 받쳐줘야 하는 것 같아요. 모쪼록 건강한 생활인으로 잘 살아남으면서 좋은 글을 꾸준히 쓰는 것, 그게 장기적인 계획이라고 할 수 있을 것 같습니다.

요즘에는 관계를 묶는 매듭법에 관심이 많아요. 사람과 사람이 어떤 모양으로 묶여 있는지, 한 사람이 세계와 어떤 방식으로 연결되어 있는지요. 개별적인 존재들이 어떤 계기로 하나의 무리가 되고, 현상이 되고, 나아가 문화가 되어가는 과정을 지켜보는 일은 늘 흥미롭습니다. 그런 의미에서 요즘 저를 사로잡은 키워드는 '영포티'와 '오타쿠'예요. 알록달록한 매듭이라고 생각합니다. 저랑 제법 밀접한 연관성도 있고요.

뇌내 집필도 쓰기로 쳐주신다면…… 소라게

를 닮은 두 여자가 나오는 소설을 쓰고 있습니다.

조연정 여러 질문에 흥미로운 답변을 해주셔서 감사합니다. 응원하는 마음으로 다음 작품을 기다리겠습니다. 상투적인 질문으로 마무리하게 될 것 같아요. 박민경 작가님은 어떤 작가가 되고 싶으실까요?

박민경 어렸을 때부터 누군가 제게 갖고 싶은 걸 물을 땐 우렁차게 대답했지만, 되고 싶은 걸 물을 땐 주저했는데요. 여전히 그렇네요. 설령 지키지 못한다 한들 누가 와서 분노의 인디언밥을 날릴 것도 아닐 텐데도요. 아무래도 갖는 건 점점 쉬워지지만, 되는 건 점점 어렵다는 걸 아니까 더 조심스러워지는 것 같아요. 하지만 공표의 힘을 믿으니까 슬쩍 흘려보겠습니다. 코끼리를 좋아합니다. 눈은 온순한데 엄청난 힘을 가지고 있잖아요. 저도 그런 작가가 되고 싶습니다.

뱀이 있는 곳

서장원

2020년 『동아일보』 신춘문예를 통해 작품 활동을 시작했다.
소설집 『당신이 모르는 이야기』 등이 있다.

정인은 차창을 덮고 있던 분홍색 레이스 커튼을 걷었다. 창밖으로 울긋불긋한 능선이 펼쳐졌다. 낙엽 진 산들이 도로 양옆에서 겹을 이루고 있었다. 버스는 몇 개의 터널을 통과하며 남쪽으로 달렸다. 정인은 터널 천장에 매달린 거대한 팬을 바라보다가 마지막으로 사천에 갔을 때를 떠올려봤다. 오가는 길에 본 풍경에 대해 딱히 기억나는 것이 없었다. 그때는 하진과 함께였고 버스에서도 둘이 나란히 앉아 있었으니까, 이런저런 이야기를 나누지 않았을까 짐작했다. 그러느라 창밖에 무엇이 보이는지, 지금 자신이 터널을 지나고 있는지 생각할 거를도 없었을 것이다.

하진과 만나면 정인은 언제나 할 말이 많아졌다. 그건 두 사람이 공유하는 것이 많기 때문일지도 몰랐다. 하진과 정인은 동갑이었고, 둘 다 최근까지 서울 서쪽에서 혼자 살았으며, 가까운 친구가 거의 없었다. 하진에게는 정인이, 정인에게는 하진이 있다고 말할 수도 있겠지만, 엄밀히 말하면 둘은 사촌지간이었다.

다만 하진이 사천에 가기 전 마지막으로 만났던 날에는 많은 것이 평소와 달랐다. 그날은 하진이 일방적으로 말했고 정인은 듣기만 했다. 하진은 곧 있을 법정 공방과 자신이 잘못한 것 그리고 자신에게 잘못한 사람들에 대해서 한참 주절거렸다. 정인은 "세상에" "미친 거 아니야" 같은 말들만 중얼대며 하진의 이야기를 들었다.

하진에게 잘못한 사람들. 그중에는 하진의 부모도 있었다. 그들의 잘못은 하나뿐인 자식에게 '비빌 언덕'이 되어주지 못했다는 것이었다. 그들은 한평생 여유로웠던 적이 없었고, 형편이 펼 즈음에는 사기를 당하거나 사업을 벌여 모은 돈을 날렸다. 정인도 자기 부모에게서 들어 알고 있는 일이었다. 그럼에도 하진의 부모에게는 언젠가 좋은 날이 올 거라는 막연하고도 천진한 기대가 있었는데, 하진은 바로 그 점을 가장 견딜 수 없다고 말했다.

"착하고 사람 좋은 거. 그게 중요한 게 아니야, 정인아. 자기 것을 지키는 거. 그게 중요해."

하진의 이마와 콧잔등에 자잘한 땀방울이 맺혀 있었다. 에어컨이 고장 난 탓에 실내가 무척 더웠다. 열어둔 창으로 도시의 소음과 한여름의 열기가 밀려들었다.

"사천에 좀 가 있으면 어떨까?"

그날 정인이 건넨 말 중에 의미랄 것을 갖고 있던 말은 그 한마디가 전부였다. 얼마 뒤 하진은 그렇게 했다. 서울 신림동의 원룸을 떠나 사천의 솔잎산장으로 간 것이다. 그게 두 달 전이었다.

하진은 버스터미널의 기다란 의자에 앉아서 정인을

기다리고 있었다. 바람막이 재킷을 걸치고 머리를 포니테일 스타일로 묶은 채였다. 하진은 배가 고프진 않은지, 오는 동안 차가 막히지는 않았는지 정인에게 물었다. 마지막으로 만났을 때와 사뭇 다른 태도여서 정인은 약간 긴장이 풀렸다. 하진은 정인의 캐리어를 끌고 차를 세워둔 곳까지 앞장서서 걸어갔고 은색 마티즈 뒷좌석에 캐리어를 실었다. 정인은 조수석에 올라탔다. 마티즈는 버스터미널 옆의 지저분한 골목길을 빠져나와 대로에서 유턴했다. 도로는 거의 텅 비어 있었다. 정인은 지금이 이런 걸 묻기 좋은 타이밍이라고 생각하며 운전대를 쥐고 있는 하진에게 조심스럽게 질문을 던졌다.

"너 요즘엔 좀 어때?"

"이제 재판 기다리고 있지. 그래도 큰아버지 덕분에 좀 안심이지 뭐."

"공판이 언제야?"

"다다음 주. 그래서 너랑 같이 서울 올라갈까 해. 그거 말고 내가 고발한 건도 아직 안 끝났으니까."

정인은 고개를 끄덕였다. 하진은 무고죄로 고발을 당한 상태였다. 경찰 조사를 마친 뒤에야 정인 아버지의 도움으로 변호인을 선임했는데, 이미 첫 공판이 코앞으로 다가온 시점이었다. 하진의 변호인은 증거 수집을 이유로 공판기일을 미뤘다. 그런데 증거 수집은 쉽게 진행

되지 않는 듯했다. 변호인은 하진의 직장 동료들에게서 증언을 확보하려 했지만 그러지 못했다. 하진의 일로 민사소송을 당한 직장 동료들은 이 사건에 더 엮이고 싶어 하지 않았다. 이미 하진이 회사를 그만둔 다음이어서 마음 놓고 하진을 외면하는 듯했다. 정인은 만약 자신이 하진의 직장 동료 입장이었다면 어떤 선택을 내릴지 모르겠다고 생각하면서도 한편으로는 너무 화가 났다. 그런 비겁한 선택들이 세상을 망친다고 생각했다. 그런 일들을 떠올리며 정인은 다시금 부아가 치밀었다. 그러나 뜻밖에도 하진은 조그맣게 웃음을 터뜨렸다.

"몰랐는데, 내가 엄마 아빠를 좀 닮았나 봐. 너랑 뱀을 싹 묻고 나면 상황이 나아질 것 같아. 진지하게 그런 생각이 들어. 약간…… 희망이 생긴달까?"

희망이 생겼다고 하기에 하진의 표정은 다소간 지쳐 보였지만, 정인은 그것참 잘됐다고, 자신도 같은 마음이라고 중얼거렸다. 한편으로는 하진의 부모와 하진이 닮았다는 말에도 공감했다. 작은아버지와 작은어머니는 좋게 말하면 낭만적이고 나쁘게 말하면 대책 없이 순수한 사람들이라고 정인은 늘 생각하고 있었다. 소나무 숲에서 늙고 싶다며 덜컥 펜션을 인수한 것만 봐도 그랬다. 하진 역시 나이에 비해 천진하고 순수한 구석이 있었다. 만약 그렇지 않았다면 정인은 하진과 친해지지 못했을지도 몰랐다. 사촌이라고 해도 두 사람은 서울과 경남에서 각각 자랐고 명절 때나 한 번씩 마주쳤다. 두 사람이 가까워진 건 경기도 양평에 있는 기숙형 재수 학원에 함께 다니면서부터였다. 기숙형 재수 학원은 빡빡한 일정이 빈틈없이 돌아가는 곳이었지만 그렇다고 해도 혼자 지내기에 적당한 데는 아니었다. 핸드폰 사용도, 인터넷 접속도 불가능한 곳에서 친구를 사귀지 않는다는 것은 사회적으로 완벽하게 고립되는 것이나 마찬가지였으니까. 다만 그럼에도 정인은 누구와도 말을 섞지 않는 생활을 이어갔다. 초등학생이 될 무렵부터 고도비만 체형이었던 정인은 그즈음 생애 최고 몸무게를 경신하고 있었고, 그런 정인의 외모는 사람을 사귀는 데 큰 걸림돌이 됐다. 물론 그런 이야기를 누군가에게 털어놓는다면 중요한 건 자신감이라거나 친구를 사귀는 데 외모는 그다지 중요하지 않다는 얘기를 들었겠지만⋯⋯ 정인은 그런 말을 오히려 좀 우습게 여겼다. 그때껏 평범하지 못한 외모로 살아온 정인은 그간의 세월이 만들어낸 어둡고 주눅 든 성격이 인처럼 박혀 있었다. 그건 정인의 일부였다. 그리고 사람들은 그 점을 알아보았다. 학원에 들어간 이후 누구도 정인에게 선뜻 다가오지 않았고, 정인 역시 이곳에서 누군가를 사귀어야겠다고 기대하지 않았다. 정인은 혼자 수업을 듣고 혼자 줄을 서서 배식을 받았다. 원생들이 삼삼오오 모여 잡담을 나눌 때면 단어장을 펼쳐놓고 딴생각을 했다. 하진이 학원에 들어오기 전까지는 그랬다. 처음에는 하진이 그저 큰아버지에 대한 고마움으로 자신을 챙기는 것이라 생각했다. 하진의 학원비를 댄 사람이 정인의 아버지였으니까. 하지만 점차 생각이 바뀌었다. 정인과 달리 하진에게는 사람이 잘 붙었는데, 하진은 그렇게 다가오는 사람들에게 한결같이 친절했다. 특별히 친하지 않은 이에게도 오답 노트를 선뜻 빌려줬고, 누군가 도움을 청하면 붙어 앉아 문제 풀이를 도왔다. 그러나 하진과 친해지려 했던 다른 학원생들은 곧 그런 하진에게서 질려 뒷걸음질 쳤다. 하진의 친절함에는 스스로를 못나고 초라하게 느끼게 하는 어떤 것이 깃들어 있었고, 그 애들은 그걸 견디지 못했다. 오직 정인만이 하진을 견뎌냈다. 마침내 두 사람이 수능을 치렀을 때 정인에게는 하진이, 하진에게는 정인이 수험 생활을 함께 보낸 유일한 사람이 되어 있었다.

솔잎산장은 몇 해 전에 방문했을 때와 달라진 것이 거의 없었다. 본건물과 네 채의 독채가 호를 그리며 서 있었고, 자갈이 깔린 마당 겸 주차장에는 하진 아버지의 픽업트럭이 주차되어 있었다. 키 큰 소나무들이 펜션

부지를 감싸며 그늘을 드리웠다. 방문객은 정인뿐이었다. 작은어머니가 마당으로 나와 차에서 내린 정인을 반겼다.

"정인아, 잘 왔어. 여기선 그냥 잘 먹고 잘 쉬다 가면 돼."

잠시 뒤 작은아버지도 비슷한 말을 건넸다. 그는 고기를 굽는 반원통 모양의 그릴을 테라스로 내놓았다. 저녁에 고기를 구워 먹자고, 소고기를 잔뜩 사다 놓았다고 그가 말했다.

"네, 좋아요."

정인은 그렇게 대답하고 하진이 안내한 독채로 들어가 짐을 정리했다. 솔잎산장에 도착하니 마음이 급해졌다. 정인은 하진과 함께 뱀술을 정리하려고 이곳에 왔다. 서두르면 저녁을 먹기 전에 작업을 끝낼 수 있을 듯했다.

창고는 어둡고 서늘했다. 하진이 창고 한가운데 매달린 줄을 당겨 불을 밝혔다. 정인은 눈을 찡그리며 포대와 박스가 놓여 있는 벽면에 시선을 두었고, 잠시 후 더 안쪽에 있는 선반을 발견했다. 과일이나 약재를 넣은 담금주 몇 병을 제외하면 선반 하나가 모두 뱀술로 채워져 있었다. 뱀들은 생전 모습 그대로 똬리를 틀거나 몸을 뒤튼 채 알코올에 잠겨 있었다. 정인은 자기도 모르게 중얼거렸다.

"생각보다 더 끔찍하네."

뱀술은 모두 할아버지가 담근 것이었다. 할아버지는 계절마다 긴 집게와 포대 몇 개를 들고 산으로 올라가 뱀을 잡았고 손수 뱀을 죽이고 손질해 술을 담갔다. 할아버지가 죽고 얼마 지나지 않았을 무렵, 정인은 어머니와 아버지가 그에 대해 이야기하는 것을 들었다. 그렇게나 뱀을 잡아먹었는데도 별다른 효험을 보지 못했다고, 오히려 뱀술이 독이 됐을지 모른다고 두 사람은 말했다. 아마 할아버지를 알던 다른 사람들도 그 비슷한 생각을 했을 것 같다. 할아버지는 일흔다섯에 폐암으로 죽었는데 요즘 기준으로는 좀 이른 나이였다. 그가 담근 뱀술은 모두 솔잎산장 본채 지하실에 보관되어 있었다. 뱀술이 담긴 용기는 화려한 문양이 도드라지는 유리병부터 마트에서 흔히 볼 수 있는 플라스틱 담금주 통까지 다양했다. 큰 것들은 항아리 못지않았고, 가장 작은 병도 2리터들이는 넘지 싶었다. 정인과 하진은 그것들을 하나씩 들고 계단을 올랐다. 1층으로 다 옮겨놓고 보니 모두 열여섯 병이었다. 오늘 정인은 하진과 함께 그걸 다 묻어버릴 작정이었다.

사실 하진의 어머니가 받아온 점사는 하진이 제안한 일과는 좀 달랐다. 얼마 전 하진의 어머니는 딸의 일을 의뢰하러 용하다는 점집에 다녀왔다. 신내림을 받은 지 얼마 되지 않은, 젊은 박수무당의 신당이었다. 박수무당은 하진의 어머니가 신방에 들어서자마자 집에 산 것도 죽은 것도 아닌 것이 있지 않느냐고 호통을 쳤다. 작은 어머니는 생각 끝에 시아버지가 담근 뱀술이 집에 있다고 대답했다. 그렇게 말하면서도 술통 속 뱀은 완전하게 죽은 것 아닌가 의아한 마음이었다는데, 박수무당은 그럼 그렇지,라는 표정으로 한 손에 들고 있던 부채를 반상에 탁탁 내리쳤다. 그러고는 그걸 몽땅 거두어서 태워야 한다고, 태우면서 굿을 한판 제대로 벌여야 한다고 큰소리를 쳤다. 정인은 거기까지 전해 듣고 물었다.

"그래서 굿을 하신대?"

"그럴 돈이 어딨어."

"그럼 어떡해?"

"그냥 내가 묻어버리려고. 여기 근처에 묻을 데도 많고."

하진은 그렇게 말하고는 목소리를 한 톤 낮추어 덧붙였다.

"혹시 너 올래? 그 사람이 그랬대. 그거를 여태 끼고 있으니까 자손들이 다 안 풀리는 거라고."

정인은 이른 저녁잠을 자다 말고 하진의 전화를 받은 참이었는데, 그 말을 듣자 얼굴에 묻어 있던 잠이 달아

났다. 그때 정인은 거의 백 군데에 가까운 회사에서 불합격 통보를 받은 터였다.

"나도 갈게. 이번 주말에 갈 수 있어."

정인은 소리쳤다. 다만 전화를 끊고 나서는 스스로의 진지함에 웃음이 났다. 작은아버지와 작은어머니는 뱀술들을 할아버지의 유품으로 여겼고, 효심으로 그것들을 보관했다. 친척들이 추모공원에 모여서 할아버지의 제사를 지낼 때 작은아버지는 보자기에 싸 가지고 온 뱀술을 꺼냈다. 그러고는 할아버지가 생전에 하던 방식대로, 손잡이가 달린 투명한 유리컵에 술을 반쯤 따라서 제사상 귀퉁이에 올렸다. 정인의 아버지는 그런 일을 우습게 생각했다.

"걔도 참 순진해."

함께 추모 공원에 다녀오는 길이면 정인의 아버지는 그렇게 말하곤 했다. 정인은 그것이 좋은 뜻으로 한 말이 아니라는 것을 알았다. 정인의 아버지에게 순진하다거나 순수하다거나 하는 말은 절대 미덕이 아니었다. 경남 여기저기에 흩어져 사는 다른 형제들과 달리 서울에서 직장을 잡고 자기 가족을 건사했다는 데 아버지의 자부심이 있었다. 아버지는 아마 그 모든 건 자신의 영리한 처세 덕분이라고 믿고 있을 것이었다. 내심으로는 자신이 그때껏 내린 여러 선택이 다 옳았고 적절했다고 확신하지 않을까? 그런 태도가 오만하고 부도덕하다고 정인은 생각했지만…… 그가 일군 것을 자신도 나누어 받았다고 생각하면 할 말이 없었다. 그리고 하진네 역시 조금은 혜택을 받았다. 정인의 아버지는 하진네의 빚 상환을 도왔고, 하진의 재수 학원비도 내주었다. 하진의 소식을 전해 듣고는 선뜻 변호인을 선임할 돈을 빌려주겠다고 말했으며 실제로 빌려주었다. 아버지는 여유가 될 때 갚으라면서 차용증도 사양했다. 그렇게 치면 하진에게 비빌 언덕이 아주 없다고도 할 수 없을 거였다. 하진에게는 웬만큼 여유가 있는 큰아버지가 있었고, 순진할지언정 형과 사이가 나쁘지 않은 아버지가, 자식의 일을 걱정하는 부모가 있었다.

하진을 무고 혐의로 고발한 사람은 하진의 직장 선배 김철현으로, 하진은 그 전에 그를 성추행 혐의로 신고했다. 김철현은 꽤 오랫동안 하진에게 추근댔는데, 그러다 어느 회식 자리에서 하진을 불러내 모텔로 끌고 가려고 했다. 하진은 더는 묵인할 수 없다는 판단을 내렸다. 하진에게서 상황을 전해 듣고 있던 정인도 동의했다. 처음에 두 사람은 경찰에 신고하기만 하면 이 상황이 나름내로 정리될 거라고 예상했다. 그러나 생각해보면 그때가 법정 공방의 시작점이었다. 김철현은 성범죄 전담으로 이름이 난 로펌에서 변호인을 고용했으며, 하진의 신고를 받고 김철현을 조사하던 직장 내 성폭력 위원회 직원들에게는 민사를 걸었다. 그들이 자신을 공공연하게 성범죄자로 취급했다는 이유에서였다. 정인은 한 번씩 하진에게 전화를 걸어 상황을 전해 들었다. 김철현이 선임한 변호인이 성범죄 분야에서 꽤 유명한 사람이라는 것도 그때 알게 됐다. 정인은 김철현이 선임한 변호인의 소속 로펌 홈페이지를 살펴본 적이 있었다. 홈페이지 정문에는 영상 섬네일이 걸려 있었다. 섬네일을 클릭하자 슈트를 말쑥하게 차려입은 여자 변호인이 의뢰인의 상황과 재판 과정을 설명했다. 의뢰인은 회식이 끝난 뒤 만취한 직장 동료를 택시에 태워주었다가 그 일로 인해 강제추행 혐의를 받게 됐다고 했다. 만취한 직장 동료가 상상과 현실을 분간하지 못하고 의뢰인을 강제추행 혐의로 고발했다는 것이었다. 변호인은 동석해 있던 직장 동료의 증언을 확보하고 두 사람이 길거리에 서 있는 모습을 찍은 주차 차량의 블랙박스 영상을 어렵게 얻어 무죄판결을 끌어냈다고 설명했다. 정인은 영상을 보는 내내 변호인의 주장에 너무 많은 것이 누락되어 있다고 생각했다. 우선 증언한 동료가 택시를 타는 곳까지 따라 나왔다는 것인지 알 수 없었다. 의뢰인과 고발인이 함께 담겼다는 블랙박스 영상 역시 두 사람이 움직인 궤적을 모두 담지는 못했을 것 같았다. 그러나 변호인은 자신의 말을 조금도 의심하지 않는 눈치였다. 정인은 그런 태도가 무책임하게 느껴졌다. 화면 속 변호인이 하는 말이 다 맞고 의뢰인이 정말 무고하다고 해도 그랬다.

하진과 정인은 욕실 의자에 바짓단을 걷고 앉아 집게로 술병에 든 뱀을 꺼내 대야에 담았다. 남은 술은 욕조에 따라 버렸다. 첫번째 병을 열고 그 속의 뱀과 눈이 마주쳤을 때엔 소름이 끼쳤지만 정인은 곧 익숙해졌다. 어떤 뱀은 무늬가 무척 아름다워서 홀린 듯 꼼꼼히 살펴보기도 했다. 술병에서는 대체로 좋지 않은 냄새가 났다. 비린내 혹은 무언가가 완전히 상해버린 냄새였다. 몇 병을 흘려보내자 화장실이 악취로 자욱해지는 듯했다. 할아버지가 돌아가신 지도 이제 3년이 다 되어가고 있었고, 할아버지는 임종 전에 꽤 오랜 시간을 병원만 들락거리며 지냈으니까…… 그가 담가둔 뱀술은 적어도 4, 5년 정도 묵었을 거였다. 무언가가 상하지 않고는 버티기 힘든 시간이었다. 하진이 집게로 진녹색 뱀을 집어 올리면서 말했다.

"사실 나는 진작 버리고 싶었어. 끔찍해서."
"좀 징그럽지."
정인이 맞장구를 치자 하진은 어렸을 때부터 할아버

지가 싫었다는 이야기를 꺼냈다. 그는 좀 징그러운 사람이었다고, 정인과 달리 어린 시절 할아버지와 함께 산 적도 있는 터라 그런 모습을 많이 봤다고 하진은 말했다.

"어떤 모습?"

"딱 집어 말하긴 어려운데…… 그냥 어렸을 때부터 뱀 잡아 오고 그런 것도 있고…… 아, 할머니도 뱀술이라면 질색했거든. 할아버지가 산 갔다가 포대 들고 오면 아주 전쟁이었어. 근데도 할아버지는 꿈쩍도 안 했어. 완전히 자기밖에 모르는 거지. 할아버지가 이런 짓만 안 했어도 할머니 10년은 더 사셨다."

"그건 그렇지."

정인은 그렇게 중얼거리면서 생전의 할아버지를 떠올려봤다. 정인은 서울에서 자랐고 할아버지는 줄곧 사천에서 지내다 돌아가셨기에 정인에겐 할아버지에 대한 기억이 많지 않았다. 할아버지가 뱀을 잡아 오는 모습을 본 적도 없었다. 다만 정인도 할아버지를 좋아하지는 않았다. 아주 어릴 적부터 할아버지가 자신을 좋아하지 않는다는 걸 알고 있었던 것 같았다. 다만 정인은 그에게 특별한 악의가 없다고도 생각했다. 할아버지는 자신의 행동이 가족을 불편하게 하리라는 생각을 못 했을 것이다. 거기까지 생각할 필요가 없었을 테니까. 아마 그런 점이 다른 사람들에게는 더 끔찍했을지도 모르지만. 열여섯 병만큼의 술을 모두 쏟아버리고 뱀을 대야에 옮겨 담고 나니 제법 시간이 흘러 있었다. 작업이 끝나갈 즘 작은어머니가 화장실 문에 고개를 내밀고 물었다.

"너네 저녁 안 먹어?"

하진과 정인은 고개를 저었다. 대야에 가득 담긴 색색의 뱀들을 보고 있자니 도저히 입맛이 돌지 않았던 것이다. 정인은 병에 담겼던 모습 그대로 굳어버린 죽은 뱀들을 그대로 두고 저녁을 먹으면 목적한 바를 이루지 못할 거라고 생각했다. 할아버지가 죽인 뱀들이 정말 원한을 품어서 자신과 하진의 삶이 잘 안 풀리고 있는 거라면, 조금 더 엄숙한 태도를 가져야 할 것 같았다. 정인은 망설이다가 하진에게 물었다.

"뭘 좀 덮을까?"

"뭐…… 수의 같은 거 말이지?"

하진은 그렇게 말한 뒤 웃음을 터뜨렸고 정인도 웃어버렸다. 그러면서도 할아버지의 업보가, 그러니까 그런 것이 있다면 이렇게 해서 청산된다고 믿고 싶었다. 하진에게서 작은어머니가 점을 본 이야기를 전해 들은 뒤, 정인은 한동안 뱀술을 담가 먹는 일에 대해 자주 생각했다. 뱀을 먹는 일과 소나 돼지를 먹는 일은 정인에게 크게 다르지 않게 느껴졌는데, 그러자 매일같이 고기를 먹는 정인의 생활은 괜찮은 건지 의아해졌다. 정인은 보통 저탄수화물 식단으로 밥을 먹었다. 혼자 살면서는 더 그랬다. 정인은 마트에서 사 온 구이용 고기 한 팩에 채소를 조금 곁들여서 저녁을 먹을 때가 많았다. 핏물이 남아 있는 스티로폼 접시를 버리다가 죄책감을 느끼는 순간도 가끔 있었지만 대체로는 자기 식습관에 무감했다. 하지만 뱀을 묻고 소고기를 구워 먹을 생각을 하니 기분이 조금 이상하기는 했다.

정인과 하진은 뱀을 호숫가에 묻는 것으로 합의를 봤다. 호숫가의 부드러운 흙이 아니면 두 사람이 작업을 하는 데 너무 많은 시간과 품이 들 것 같았다. 작은아버지는 트럭 짐칸에 대야를 싣고 호수까지 태워다 주겠다고 했지만 하진은 사양했다. 정인도 하진에게 동의했다. 이건 둘이서 해결을 봐야 할 일이라는 막연한 생각이 들었기 때문이다. 호수까지 가는 동안 정인은 조수석에 앉아서 뱀술에 대한 글을 몇 편 찾아 읽었다. 대부분 괴담이었다. 뱀술을 담가 마셨다가 죽었다거나, 머리카락이나 이가 빠졌다거나, 뱀을 죽인 사람의 가족이 벌을 받았다는 이야기들이었다. 어떤 것은 하진에게 읽어주기도 했다. 한 노인이 산행을 갔다가 이름 없는 무덤가에서 뱀을 발견하고 잡아 와 술을 담근다. 그리고 몇 년 뒤에 그의 부인과 아들, 며느리, 손주 들이 각각 다른 사고로 죽음을 맞는다. 노인은 최후까지 살아남았다가 사고를 당하는데, 그가 뱀을 잡아 죽인 방식 그대로 죽게 된다.

"이 사람은 한 마리만 죽였는데도 그렇게 된 거네?"

하진이 말했다. 정인은 그렇다고, 이제 우리는 다 죽었다고 대답했다. 농담처럼 한 말이지만 말하고 나니 조금 오싹했다. 뒷좌석에서 대야 속 뱀들이 부대끼는 소리가 들려와 더 그랬을 것이다. 뱀들은 마티즈의 움직임에 따라 대야 속에서 쓸려 다녔다. 차가 덜컹거릴 때마다 고약한 냄새가 앞 좌석까지 넘어왔다. 창을 다 내리고 있었는데도 그랬다.

"아, 근데 생각해보면 비슷한 일이 있기는 있었다."

하진이 말했다. 하진이 초등학교 3학년이었을 때 이웃 노인이 할아버지가 담근 뱀술을 마시고 이가 빠졌다는 것이었다. 정인은 처음 듣는 이야기였다.

"할아버지가 다른 사람한테 뱀술을 나눠 주기도 했나?"

"할아버지가 그럴 사람이야? 돈 받고 팔았지. 나 어릴 때는 할아버지한테 뱀술 사 가는 할머니, 할아버지 들이 꽤 있었어."

하진은 당시에는 상황이 꽤 심각했다고 말했다. 이웃 노인은 피 묻은 치아를 손수건에 싸서 할아버지네 집을 찾았다. 그러고는 자는 동안 이가 빠져 하마터면 기도가 막혀 죽을 뻔했다고, 뱀술값은 물론 빠진 치아에 대한 피해 보상을 하라고 큰소리를 쳤다.

"그래서 물어줬어?"

"자세히는 나도 잘 모르는데, 큰돈을 주진 않았을 거야. 할아버지가 펄펄 뛰면서 자기 술 때문이 아니라고 그랬거든. 다 늙어서 이가 빠진 걸 왜 자기가 보상하느냐고, 그럼 뱀술 담가 마시는 자기는 이가 몽땅 다 빠져야 하지 않겠느냐고."

하진은 그렇게 말하면서 킬킬 웃었다. 결국 두 노인은 할아버지네 집 거실에서 나름대로 정중한 논쟁을 벌였는데, 마침 거기 있던 하진도 그 광경을 보게 됐다. 할아버지는 입술을 까뒤집어가며 이가 빠진 노인에게 자기 입속을 보여줬다. 이가 빠지기는커녕 썩은 것 하나 없다고 할아버지는 말했다. 이가 빠진 노인은 꼼꼼하게 할아버지의 입안을 들여다봤다. 하진은 그날의 논쟁에서 할아버지가 이겼다고 기억했다.

"그런데 다 뻥이었어. 할아버지 화장했을 때 임플란트 나왔잖아."

"아, 그렇네."

정인은 할아버지의 장례를 치르던 날을 떠올리며 웃었다. 화장장 직원은 정인의 아버지에게 할아버지의 유골함을 전해주며 타지 않은 임플란트 치아는 폐기했다고 일렀다. 정인의 아버지는 제 아버지가 임플란트를 한 줄 모르고 있었다. 장례식장에 있던 사람 중 누구도 모르던 일이었다. 하진과 정인은 할아버지가 임플란트를 언제했을지, 몇 개나 했을지 잠깐 짐작해봤다.

"뱀술이랑 관련이 있을까?"

"어쩌면 그럴지도 모르지. 과학적으로 상관관계가 밝혀졌을지도 모르잖아."

"그러고 보면 할아버지는 머리카락도 없기는 했네."

하진이 말했고 정인은 정말 그렇다고 킥킥 웃었다.

"아무튼 그래서, 할아버지가 그때부터 술을 안 팔았어."

정인은 고개를 끄덕였다. 그리고 처음으로 할아버지가 무슨 생각으로 뱀을 잡았을까 궁금해졌다. 할아버지는 뱀술이 정말 자기 몸에 좋다고 믿었을까? 아니면 그저 산을 돌아다니면서 뱀을 잡는 일이 재미났을까? 어쩌면 할아버지에게 뱀이란 배추와 같아서, 때가 되면 배추를 뽑아 소금에 절이는 것처럼 뱀을 잡아 술을 담갔을지도 모를 일이었다. 정인은 친척들이 모여 앉은 기다란 식탁 끝자리를 차지하고 있던 할아버지의 얼굴을 떠올려봤지만 이제는 그마저도 흐릿했다.

호숫가에 도착했을 때는 햇빛이 주홍색으로 물들어

가는 저녁이었다. 호숫가에는 커다란 나무들이 서 있어서 햇볕이 잘 들지 않았다. 하진은 삽 두 자루를 들고 앞서 걸었다. 정인은 대야를 들고 뒤따랐다. 바닥에는 물기를 머금은 낙엽들이 켜켜이 쌓여 있었는데, 그래서 푹신하다 못해 끈적하게 느껴졌다. 걸음을 디딜 때마다 신발 밑창에 진흙과 물기를 머금은 풀이 달라붙었다. 하진이 삽으로 바닥 여기저기를 건드려보더니 이곳이 좋겠다고 소리쳤다. 두 사람은 하나씩 삽을 쥐고 땅을 파헤치기 시작했다. 삽질은 어렵지 않았다. 젖은 나뭇잎을 걷자 젖은 흙이 나왔고, 곧 자그마한 구덩이가 파였다. 이제 대야에 든 것을 거기다 쏟기만 하면 됐다.

"악!"

정인은 아직 충분히 깊어 보이지 않는 구덩이에 한 번 더 삽을 꽂아 넣다가 하진의 비명에 고개를 들었다. 그리고 수풀 쪽으로 뛰어가는 동물의 뒷모습을 봤다. 처음에는 고양이라고 생각했지만 그렇다기엔 체구가 조금 작은 것 같았다. 그렇다면 족제비인가 아니면 너구리인가 생각했는데, 더 궁금해할 새도 없이 녀석은 수풀 속으로 자취를 감췄다.

"쟤가 하나 물고 갔어."

하진이 소리쳤다. 그러고는 녀석이 사라진 수풀 쪽으로 뛰어가 휴대전화 플래시를 비췄다. 그래봤자 보이는 것은 없었다. 빽빽한 나무 사이로 잡초가 무성했다. 어디선가 작은 동물이 재빠르게 움직이며 풀을 밟는 소리만이 들려왔다.

"어떡하지?"

하진이 물었다.

"어떡할 수가…… 없지 않을까?"

정인은 중얼거렸다. 저런 야생동물을 잡을 수는 없을 것 같았다. 잡는다고 해도 녀석에게서 뱀을 빼앗을 방법이 없었다. 정인은 망연한 얼굴로 서 있는 하진을 달랬다. 중요한 것은 우리의 마음 아니겠느냐고, 뱀들이 좋은 곳에 가도록 기도해주면 된다고. 하지만 정인은 스스로도 그 말들을 믿지 못했다. 정말 그뿐이라면 두 사람이 여기서 이러고 있을 이유가 없었다. 한동안 멍한 얼굴로 서 있던 하진이 가까스로 말했다.

"남은 거라도 묻자."

두 사람은 다시 대야가 있는 쪽으로 되돌아갔다. 대야에선 조금 전보다 더 심하게 악취가 나고 있었다. 호숫가의 날벌레들이 죽은 뱀들에게 맹렬히 달려들었다. 정인은 그 꼴을 보고 뱀 한 마리를 놓쳤을 때보다 더 힘이 풀렸다. 이건 뱀들을 욕보이는 짓 같다는 생각이 들어서였다. 어쨌거나 두 사람은 구덩이 속으로 대야를 기울였다. 대야 아래에 고여 있던 액체들이 사방에 튀었다. 악

취도 대단했다. 하진은 약간 구역질을 했다. 뱀들을 쏟아놓고 보니 구덩이는 조금 작았다. 병 속에서 몸이 굳은 뱀들은 스프링처럼 휘어지거나 S자로 굳어져 저만의 공간을 차지하고 있었다. 뱀들을 온전히 파묻으려면 그것들을 모두 대야에 옮겨놓고 구덩이를 더 깊게 만들어야 할 것 같았다. 그러나 정인은 그러고 싶지 않았다. 이제 그럴 기운도 없었다.

"그냥 덮자."

정인이 말했고 하진도 고개를 끄덕거렸다. 두 사람은 구덩이 위로 솟아오른 뱀들에게 흙을 뿌렸다. 작업을 모두 마치고 보니 뱀이 묻힌 곳이 작은 봉분처럼 솟아올라 있었다. 하진은 삽으로 근처의 나뭇잎들을 떠서 그 위에 뿌려주었다. 정인도 곧 하진을 따라 했다. 웬만큼 덮은 다음 정인이 말했다.

"이제 기도해."

두 사람은 봉분을 사이에 두고 각자의 방식으로 기도를 올렸다. 정인은 이미 오래전에 죽은 뱀들의 명복을 빌었다. 뱀들이 할아버지가 한 행동을 용서해주기를 기도했다. 만약 뱀에게도 영혼 같은 것이 있고 그게 아직 그들의 완전히 썩지 않은 몸에 남아 있다면…… 그렇다면 그들은 할아버지를 도저히 용서할 수 없으리라고 생각하면서도, 최선을 다해 두 손을 맞잡았다.

인터뷰

서장원
×
이소

이소 지난 계절에 이어 이번에도 작가님의 작품을 〈소설 보다〉에 소개하게 되어 반갑습니다. 그리 긴 시간이 흐른 건 아니니 근황보다 다른 이야기를 여쭤보고 싶네요. 조금 엉뚱한 질문일지 모르지만, 작가님은 혹시 뱀을 좋아하시나요? 평소 뱀을 바라보며 떠오른 생각들이 소설에 스며들지 않았을까 문득 궁금해졌습니다.

서장원 이소 평론가님, 안녕하세요. 이렇게 인사드리게 되어 기쁩니다. 뱀을 좋아한다고 말씀드리긴 어렵지만 가끔은 유튜브에서 아나콘다나 비단뱀 영상을 찾아보고는 합니다. 탁한 강물 속을 헤엄치는 거대한 뱀을 보면 경이롭고 두려운 감정이 들어요. 그리고 뱀이 등장하는 크리처 영화 〈아나콘다〉 시리즈도 좋아합니다. 그러고 보니 뱀, 상어, 악어 등이 등장하는 크리처 장르의 호러 영화들을 거의 다 좋아하는 것 같네요.

「뱀이 있는 곳」은 뱀보다는 뱀술에 대한 각종 괴담의 영향을 받고 쓴 소설 같아요. 저는 괴담 읽기도 좋아하는데요. 온라인 공간에서 괴담을 찾아다니다가 뱀술을 마시면 치아나 머리카락이 빠지게 된다거나, 뱀술을 마신 사람은 절명하는 순간에 쉽게 숨이 떨어지지 않아 더 오래 고통받는다는 이야기를 종종 접했습니다. 이런 뱀술 괴담들은 권선징악의 성격이 강하다고 생각합니다. 물건을 잘못 줍거나, 불길한 공간에 들어서는 것 등 우연한 사건에서 비롯되는 평범한 도시 괴담과는 결이 다소 다른 것 같습니다. 뱀술은 사실 건강과 정력에 대한 욕망을 곧바로 연상시키는 물건이잖아요. 어쩌면 그런 욕심을 경계해야 한다는 생각에서 뱀술에 대한 괴담이 많아진 것 아닐까 싶더라고요. 한편으로는 소, 닭, 돼지 등의 동물을 공장식으로 축산하고 도축하는 일 역시 끔찍한데, 이에 대한 죄책감은 덜하다는 생각도 들었고요. 이런 생각들을 오가는 사이 뱀술을 소재로

하는 소설을 구상하게 되었던 것 같아요.

이소 할아버지의 유품이 뱀술이라는 점이 인상적입니다. 한때는 이웃 노인이 돈을 주고 사 갈 만큼 영약으로 여겨졌던 뱀술이 이제는 자손의 앞길을 막는 불길한 업보의 증거가 되어버렸지요. 물려받은 것에는 언제나 양가성이 있는 듯합니다. 누군가에게는 유산이 될 만한 것이 누군가에게는 적폐가 될 수도 있으니까요. 그것은 보존해야 할 것일 수도, 청산해야 할 것일 수도 있습니다. 그러나 어느 쪽이든 반드시 영향력을 행사한다는 점에서 "산 것도 죽은 것도 아닌 것"임은 분명하지요.

그렇다면 상속에 임하는 우리의 태도는 어떠해야 할까요. 할아버지의 뱀술을 대하는 태도는 다양합니다. 하진의 아버지처럼 집 안 깊숙이 간직했다가 제사 때마다 꺼내 고인을 기억할 수도 있고, 정인의 아버지처럼 순진한 동생 따위나 신경 쓸 시시한 것으로 치부하며 우습게 생각할 수도 있고, 정인과 하진처럼 땅에 묻고 명복을 빌어주어야 할 끔찍한 죄의 흔적으로 여길 수도 있습니다. 반드시 징그러운 뱀술이 아니어도 마찬가지겠지요. 자신의 아버지가 결코 호감을 줄 수 없는 사람임을 알면서도 그에게 많은 것을 받고 살았다는 사실을 잊지 않는 정인의 모습을 겹쳐 보면, 소설은 상속의 양가성에서 누구도 자유로울 수 없음을 강조하는 것처럼 보입니다. 이러한 상속의 곤경에 대해 조금 더 부연해주실 수 있을까요.

서장원 말씀해주신 것처럼 뱀술은 누군가에겐 귀한 영약이고 다른 누군가에게는 업보입니다. 건강을 기원하는 물건이기도 하고, 괴담의 근원이기도 합니다. 뱀술은 구상의 첫 단계에서부터 소설의 중심에 두었습니다. 이러한 물건이 유산으로 전해진다면 소설 내에 긴장감이 감돌겠다고 생각했거든요. 그리고 유산은 받는 이에게 운명적으로 주어진다는 점도 재밌다고 생각했습니다. 할아버지의 유품을 간직하고 싶다면 하진의 아버지처럼 뱀술을 소중히 보관해야 할 테고, 뱀술의 불길함을 피하고 싶다면 할아버지가 만든 술을 버려야 합니다. 혹은 점괘를 따라 정말로 굿을 벌이거나요. 물론 뱀술은 단순한 물건이기에 그 선택이 그리 어렵지 않습니다. 정인과 하진은 나름의 결정을 내리고 이를 행동에 옮기지요. 하지만 유산의 의미를 삶에 전제된 조건으로 확장하면 문제가 조금 더 복잡해집니다. 자기 부모를 향한 정인과 하진의 감정이 그렇습니다. 정인은 세상을 바라보는 아버지의 태도가 부도덕하다고 평가하면서도 그가 일군 부를 나누어 받습니다. 하진은 자기 부모를 견딜 수 없다고 얘기하지만 위기의 순간에는 부모가 있는 사천으로 향합니다. 이렇게 되짚어보니 삶에 전제된 것들에서 분리될 수 없다는 감각, 그것에서 비롯되는 부도덕 혹은 불편을 다루고 싶었던 것 같네요.

더불어 정인과 하진이 상속받는 것이 굉장히 분명하고 물질적인 것이라고 저는 생각했습니다. 반대로 상속에서 비롯되는 나쁜 것들은 구체적인 실상이 없습니다. 조상이 물려준 물건과 불운이 긴밀히 연결되어 있다는 점괘, 그리고 선대 어른들이 도덕적이지 못하다는 감각 혹은 생각 정도입니다. 이렇듯 구체적인 실상이 없는, 상속에서 비롯되는 부정적인 것들은 어쩌면 죄책감이라는 단어로 묶을 수 있을지도 모르겠습니다. 정인은 자신이 상속받은 것에 죄책감을 느끼지만 뱀을 묻고 명복을 빌어주는 방식으로 이를 외면하려 합니다. 그리고 실패합니다. 아마도 저는 상속이 주는 혜택과 죄책감이 엮여 있는 상태에 대해 쓰고 싶었던 것 같습니다. 이 상속의 곤경, 더 나아가 운명의 곤경을 어떻게 타개할지에 대해서는 저 역시 답을 찾고 있다고 생각합니다.

이소 정인과 하진은 사촌지간이라 부모는 다르지만 조부모는 공유합니다. 자매만큼 내밀한 관계는 아니지만, 친구나 연인보다는 혈연으로 묶여 있다는 점에서 두 사람의 이야기는 '상속'의 문제를 다루기에 적절해 보입니다. 그런데 두 사람은 상반된 방식으로 타인과의 관계에 서툴다는 공통점도 있습니다. 정인에게는 사람들이 다가오지 않고, 하진에게는 사람들이 질려 떠나버리죠. 그래서 "하진에게는 정인이, 정인에게는 하진이" 거의 유일한 친구처럼 보입니다. 두 사람에게 이렇게 폐쇄적이고 끈끈한 관계를 부여하신 이유가 궁금합니다.

서장원 사실 이 소설은 초고를 완성하고 처음부터 다시 쓰게 되었습니다. 그 과정에서 정인과 하진의 관계를 친구 사이에서 사촌으로 바꾸게 되었어요. 두 사람이 친해진 계기로 기숙형 재수 학원에서의 일화도 추가했고요. 하진은 그간 겪은 일련의 일들, 그러니까 직장 내 성폭력과 그에 대한 고발, 그리고 맞고소와 같은 사건들을 정인에게 들려주는데, 저는 그렇게 두 사람이 그 사건들에 대해 이야기 나누길 바랐던 것 같습니다. 그리고 폐쇄성에 대해 말씀드리자면, 저는 늘 사회에서 다소 고립되어 있는 인물들에 관심이 많았던 듯하네요. 커뮤니티에 속해 있지 않은 사람들, 일상의 소소한 에피소드에 대해 말할 친구가 없거나 거의 없는 사람들이요. 이런 이들이 내밀한 이야기를 건넬 수 있는 상대를 만나 자기 이야기를 풀어놓는 순간에는 특별한 무언가가 생긴다고 생각합니다. 발이 넓고 비빌 언덕도 많은 사람의 말에서 느껴지지 않은 어떤 것이요. 더불어 둘의 인연이 필연적이기를 바랐던 마음도 있었던 것 같습니다. 두 사람은 정인의 아버지가 학비를 지불한 기숙형 재수 학원에서 다소 필연적으로 가까워지는데요. 그렇기에 두 사람의 인연은 상속의 일부처럼 보이기도 합니다. 두 사람은 서로를 견디고 견디게 하는 방식으로 상속을 받는 사람이자 상속의 대상이 됩니다. 이러한 관계가 소설의 테마와 조금 비슷하다고 생각했던 것 같아요.

이소 소설에는 여러 겹의 믿음이 교차합니다. 가족 중 가장 자기 확신이 강한 인물은 정인의 아버지입니다. 그는 자신의 "선택이 다 옳았고 적절했다고 확신하"며 하진의 아버지를 무시하는 오만한 사람이지만, 실제로 그의 처세 덕분에 하진과 그의 아버지는 여러 번 위기를 넘깁니다. 또 한 명, 강한 확신을 지닌 인물은 하진에게 성추행으로 고발당하자 도리어 하진을 무고 혐의로 고발한 직장 선배의 변호인입니다. 그가 소속된 로펌 홈페이지에는 "자신의 말을 조금도 의심하지 않는" 변호인의 영상이 걸려 있지요. 그의 확신은 증언과 블랙박스 영상을 의뢰인에게 유리하도록 편집했기에 가능한 것이지만, 바로 그 '편집된 확신' 덕분에 의뢰인은 큰 도움을 받았을 것입니다. 물론 무고 혐의로 고발된 하진은 억울하겠지만, 누군가는 그러한 변호인 덕분에 누명을 벗을 수 있었을지도 모릅니다.

이들만큼 자기 확신이 없는 사람들에게도 믿음은 있습니다. 하진의 아버지는 뱀술을 할아버지의 유품이라 믿고 지켜왔지만, 뱀을 모두 없애야 한다는 박수무당의 말 또한 쉽게 믿고, 별다른 망설임 없이 딸의 손에 아버지의 유품을 내줍니다. 정인과 하진 역시 마찬가지입니다. 정말 점사를 믿는다면 뱀을 태우며 굿을 벌였을 테지만, 그들은 깊게 파지도 못한 구덩이에 뱀들을 쏟아붓고 서둘러 흙으로 덮어버립니다. 뱀의 봉분 앞에서 용서를 비는 기도를 올리면서도 그것이 이루어지리라 확신하지는 못합니다. 다만 "이렇게 해서 청산된다고 믿고 싶"을 뿐일 테지요.

새삼 믿음이란 무엇인지 궁금해집니다. 믿음은 믿고 싶은 것을 믿기로 한 것일까요, 믿기로 한 것을 믿을 수 있도록 만드는 것일까요. 광신자와 배신자가 동일인일 수 있는 것처럼, 확고해 보이던 믿음이 돌연 구부러지거나 녹아 사라져버리는 일은 드물지 않습니다. 그렇다면 믿음의 순도나 강도보다 중요한 것은 믿음의 운용일 테지요. 소설이 보여주듯, 우리는 각자의 방식으로 믿음을 간직하고 변형하며 삶을 꾸려나갈 수밖에 없습니다. 이 모든 의문과 모순을 품은 채 "최선을 다해 두 손을 맞잡"은 정인과 하진의 기도는 어떤 힘을 지니고 있을지 궁금합니다. 그것은 마냥 무력한 자위일까요, 미력하게나마 변화를 빚어낼 시작일까요.

서장원 선생님의 질문을 읽으며, 저는 어쩌면 믿음에 대해 쓰고 싶었던 것 같다는 생각을 했습니다. 저는 저를 포함한 사람들 대부분이 스스로가 옳다고, 내가 그렇게 나쁜 사람은 아니라고 믿으며 살고 있다고 생각합니다. 그렇게 믿지 않으면 제정신으로 인생을 꾸려갈 수 없으니까요. 하지만 이 믿음으로 인해서 저희는 스스로를 정당화하기도 합니다. 이 소설은 김보화 선생님의 『시장으로 간 성폭력』(휴머니스트, 2023)를 읽다가 아이디어를 얻었는데요. 책에는 무고함에 대한 공고한 믿음의 연대(?)가 등장합니다. 성범죄를 저지르고도 자신이 죄를 지었다고 의심하지 않는 가해자와 그런 가해자의 무고함을 증명해주겠다는 법조인과 로펌 들이요.

소설 속에서 하진에게 성폭력을 저지른 김철현 역시 스스로가 정당하다고 생각하며 역고소를 진행했을 것 같아요.

이 '무고함에 대한 믿음'을 특정한 사건에 제한하지 않고 삶의 전반으로 확장한다면, 작품 속 인물 대부분은 자신의 무고함을 굳게 믿고 있는 것 같습니다. 정인의 아버지와 할아버지, 하진, 광고에 등장하는 변호사 등이요. 이들은 자신의 삶을 떳떳하게 여깁니다. 다만 정인만큼은 스스로에 대해 확신하지 못하는 사람이라고 생각했습니다. 정인은 할아버지와 자신을 겹쳐 보며 동물을 먹는 자신의 생활을 돌아보고, 부도덕하다고 평가한 아버지와 자신의 세계가 단단히 얽혀 있다는 것을 인식하기도 합니다. 아버지가 일군 부를 자신도 나누어 받았다고 서술하는 식으로요. 다만 그렇다고 해서 정인이 더 윤리적인 방향으로 삶을 전환하거나 그러겠다고 마음먹지는 않습니다. 그저 뱀들을 묻고 선대의 업보가 없어지길 기도하는 것으로 자신의 믿음을 운용하려 합니다. 그렇기에 마지막 순간 최선을 다해 맞잡은 두 손은 무력한 자위로 남겨지는 것 같습니다. 나아가 그것이 이 소설의 한계라고 자평하기도 합니다. 다만 「뱀이 있는 곳」은 제 나름의 최선이라고도 생각하는데요. '그럼 정인이 어떻게 해야 하는가'를 고민해보면 저 역시 잘 모르겠다는 생각이 들기 때문입니다. 아마 많은 분이 저와 비슷한 고민을 가지고 계시지 싶습니다. 직장에 다니고(아마도 직장은 세상의 온갖 공해를 만들어내거나 그 공해를 운송하거나—그 과정에서 추가적인 공해가 발생하겠지요—홍보 혹은 판매하는 곳일 테고요), 공장에서 생산된 고기를 먹는 삶. 여기서 무엇을 어떻게 바꾸어야 하는지, 어디서부터 바꾸어야 하는지 잘 모르겠습니다.

이소 정인의 말대로, 할아버지는 타인의 고통에도 불구하고 자신의 욕망을 채운 사람이기보다는 애당초 타인의 고통을 고려할 수도 고려할 필요도 없던 사람에 가까워 보입니다. 자신의 안위 외에 그 어떤 것도 우선순위가 될 수 없는, 순수하게 왕성한 생의 의지는 얼마나 징그러운 것일까요. 그런데 이 확고한 의지가 정작 어떤 믿음을 품고 있었는지 알 수 없다는 점이 흥미롭게 느껴집니다. 뱀술을 먹고 이가 빠진 이웃 노인에게 자신은 이가 빠지기는커녕 썩은 것 하나 없다고 큰소리를 치던 할아버지. 정말 그는 뱀술이 "몸에 좋다고 믿었을까"요? 만약 그랬다면 굳이 아무도 모르게 임플란트를 할 필요는 없었을 텐데요. 아무리 할머니가 질색해도 뱀술을 담그는 일을 멈추지 않았던 할아버지의 마음을 곰곰이 떠올려보게 됩니다. 그저 김장 같은 연례행사를 묵묵히 치르는 성실한 마음이었을까요. 잡을 수 있는 게 뱀뿐인 서투른 사냥꾼의 가난한 마음이었을까요. 이제는 누구도 알 수 없고, 어쩌면 본인조차 알지 못했을, 그 기이한 마음에 대해 좀더 알고 싶습니다.

서장원 저는 한 사람의 내면이 논리적으로 구성되지 않는다고 생각합니다. 저만 해도 소, 돼지, 닭의 고기를 잘만 먹으면서도 강아지나 고양이의 고기를 먹는 일은 그보다 더 잔혹하다고 느끼거든요. 할아버지 역시 뱀술이 몸에 좋다고 믿으면서도, 그 믿음과 자신의 몸에 나타나는 증상들을 별다른 의심 없이 병치시켰을 것 같습니다. 할아버지 캐릭터의 내면 풍경에 대해서도 사실 깊은 고민을 하지는 않았어요. 그보다는 이 인물이 만들어내는 파장을 그려보고 싶었던 것 같아요. 정인은 할아버지가 뱀술을 담가 마신 일을 생각하다가 자신이 고기를 먹는 일에 대해서도 돌아보게 됩니다. 그리고 자신이 마트에서 포장된 고기를 사 오는 것과 할아버지가 뱀을 잡아 술을 담가 마신 것이 본질적으로 다르지 않은 것은 아닌지, 할아버지의 태연하고 무심한 모습이 고기를 먹는 자신의 얼굴과 닮은 것은 아닌지 의아한 감정에 사로잡힙니다. 저는 이 순간을 포착하고 싶었습니다.

이소 뱀술에서 조금 더 넓혀 생각해보면, 청산할 수 있는 업보라는 것이 과연 존재하기나 할지 의문이 듭니다. 삶은 불가피하게 연루되는 것이고, 청산될 수 있는 업보는 애당초 업보라 부를 수도 없을 것입니다. 정인이 "뱀을 묻고 소고기를 구워 먹을 생각을 하니 기분이 조금 이상"해진다고 고백하는 장면처럼, 우리의 삶은 언제나 그렇게 조금 이상한 방식으로 구성될지도 모르겠습니다. 우리는 생명의 그물망에 속한 만큼 파괴의 그물망에도 속해 있겠지요. 물론 그 필연성이 폭력의 강도와 빈도를 인식할 책임을 면제해주지는 못할 것이고, 결국 우리가 할 수 있고 또 해야 할 일은 최선을 다해 무감한 사람이 되지 않도록 경계하는 일뿐일 것입니다.

이번 소설을 비롯해 최근작들을 떠올려보면, 작가님에게 소설이란 바로 그런 '무감하지 않기 위한 노력'처럼 느껴지기도 합니다. 문학이 여전히 그 일에 무능하지 않다고 믿는 독자의 한 사람으로서, 작가님의 다음 소설이 어떤 방향으로 나아가고 있는지, 또 무엇을 지키기 위해 노력을 기울일지 궁금해집니다.

서장원 말씀해주신 것처럼 업보를 청산한다는 것은 불가능할 것 같습니다. 삶에는 자기 의지와 무관하게 너무 많은 것이 연루되어 있고 또 끊임없이 침투해 들어오는 것들이 있으니까요. 다만 자신이 무엇에 연루되어 있는지는 분명히 인식할 필요가 있지 않을까, 거기에서 우리는 무언가를 시작할 수도 있지 않을까 하는 마음이 제게 있었고, 그래서 이 소설도 쓰게 된 것 같아요. 그 조밀한 그물을 제가 제대로 조명했는지는 잘 모르겠습니다. 또 정말 그로부터 무엇을 시작할 수 있는지도 확신하지 못하겠습니다. 조금 더 윤리적으로 살겠다는 태도에 정말 어떤 힘이 있을까요? 예전에는 그렇게 믿었는데, 지금은 잘 모르겠다는 생각이 듭니다.

   제 소설에 대해서 말하는 것이 점점 어려워지는 것 같습니다. 「뱀이 있는 곳」만이 아니라 최근에 쓴 다른 소설들도 그렇습니다. 제가 어떤 글을 쓰고 있는지 저도 잘 모르고 있다는 생각도 자주 듭니다. 제가 쓰는 소설이 정인의 기도와 크게 다르지 않은 것 같다고도 생각하고요. 답변에서 여러 번 고기를 먹는 일의 비윤리성에 대해 말씀드렸지만 저 역시 고기를 먹습니다. 『소설 보다: 겨울 2025』에 제 소설이 들어가게 되었다는 연락을 받은 뒤에 자축하기 위해서 하우스 메이트와 함께 삼겹살 맛집을 찾아갔지요. 저는 페스코-폴로는커녕 플렉시테리언 채식주의자도 아닙니다. 저는 고기를 좋아하는 편이에요. 동물이 죽어야 고기를 먹을 수 있고, 고기가 된 동물이 마땅히 누려야 할 삶을 마음껏 누리지 못했으며, 사는 내내 비좁은 공간에서 고통받았다는 것을 알면서도요.

다른 것들에 대해서도 마찬가지입니다. 이런 상태로 소설을 써도 될까…… 하는 의문이 종종 찾아옵니다. 제 소설은 윤리적인 문제를 다루는데 저는 소설보다 한참 뒤처져 있는 것 같다고도 자주 생각합니다. 저의 소설이 어떤 방향으로 나아갈지, 그리고 무엇을 지키기 위해 애쓰는 글이 될지는 아직 잘 모르겠습니다. 계속해서 쓰겠다고 말씀드릴 수밖에 없을 것 같습니다. 계속해서 열심히 쓰겠습니다.

5월은 창가의 호랑이

하가람
2023년 『세계일보』 신춘문예를 통해 작품 활동을 시작했다.

오늘 며칠이고? 고개만 돌리면 알 수 있는데도 국화는 물었다. 벽에 걸린 달력은 붉은 동그라미로 빼곡했다. 10월 16일. 호수가 답하자 국화는 그제야 달력을 쳐다봤다. 아, 마리 앙투아네트. 국화는 달력에 유명인들의 기일을 적어두곤 했다. 존 레넌의 기일, 기형도의 기일, 정주영의 기일…… 전부 그녀가 공장에서 듣는 라디오나 책을 통해 주워 담은 정보들이었다. 덕분에 호수는 그들의 얼굴보다 그들이 죽은 날을 먼저 알게 됐다.

"니 마리 앙투아네트가 마지막으로 남긴 말이 뭔지 아나."

이혼하기 전 국화는 외할머니 손에 이끌려 점을 보러 갔다가 뜻밖에도 단명할 팔자라는 말을 들었다. 그 후로 아침마다 죽은 사람들에 대해 얘기했다. 인기 가수가 극성팬이 쏜 총에 맞아 죽었다는 이야기, 생일을 앞둔 젊은 시인이 심야 극장에서 홀로 생을 마감했다는 이야기. 호수는 지루했다. 국화가 무슨 생각으로 그런 얘기들을 외는지 알 수 없었다. 혹시 국화는 두려웠을까. 살고 죽는 것쯤은 별거 아니라고, 매해 찾아오는 절기처럼 심상한 일이라고 말해줄 누군가가 필요했나. 그런 물음은 오랜 시간이 흐른 뒤에야 호수의 마음속에 떠올랐다. 그때의 호수는 아직 어렸다. 건너편 텔레비전에서 미소 짓는 기상 캐스터에게 쉽게 시선을 빼앗겼다. 울산 주간 날

씨. 해. 구름. 해. 비가 오니 우산을 챙기시기 바랍니다.

그렇지만 간혹 어떤 말은 발이 달려서 탁자를 벗어나 등교하는 거리를 지나고 수많은 밤을 넘긴 후에도 호수의 뒤꽁무니를 쫓아왔다. 실례합니다, 무슈. 일부러 그런 건 아니에요. 마리 앙투아네트의 유언을 들은 그날 밤, 호수는 국화로부터 야간 근무를 한다는 연락을 받았다. 국화가 늦게 들어오는 날에는 혼자 저녁을 만들어 먹었다. 메뉴는 언제나 날계란밥. 날계란밥은 간단했다. 하얀 쌀밥에 날계란을 올리고 간장, 참기름만 두르면 끝. 불을 쓸 필요도 없었다. 부산에서 자란 국화는 어릴 때부터 모든 음식에 날계란을 넣어 먹었다고 했다. 비빔밥에도, 곰탕에도. 심지어는 날계란만 앞니로 톡톡 깨뜨려 삼키기도 했다고. 손가락에 묻은 계란 흰자가 끈적하게 달라붙었다.

열 살이면 92년생…… 딸내미랑 이 집이랑 나이가 같네. 보름 전 아파트를 떠난 그들 모녀가 이곳으로 이사 왔을 때 집주인은 말했다. 호수는 코를 찌푸렸다. 빨랫줄에 널린 가자미가 바람이 불 때마다 흔들리며 냄새를 풍겼다. 정자해변에서 싸게 구해왔다는 주인의 자랑을 들으며 그들은 마당을 가로질렀다. 북구 양정동. 자동차 공장 건너편 골목에 있는 3층짜리 다가구주택은 붉은 벽돌을 올려 지었다. 각 층 발코니 밑부분은 민트색으로 칠해져 있었는데, 벗겨진 페인트 조각이 복도에 흩어져 걸을 때마다 밟혔다. 국화와 주인아저씨가 집을 둘러보는 동안 호수는 발코니에 기대어 마당을 내려다보았다. 물이 괸 고무 대야가 커다란 웅덩이처럼 보였다.

집주인이 사는 1층을 제외하고 2층과 3층은 복도를 따라 두 개의 집이 있다. 국화와 호수는 2층의 첫번째 집에 살았다. 중문을 사이에 두고 분리된 주방을 빼면 남는 공간이 하나밖에 없는 단칸방에서 모든 가구와 장식품은 사치였다. 한쪽 벽에는 커다란 달력만이 액자처럼 걸려 있고, 그들은 식사 때마다 그 앞에서 접이식 탁자를 펼치고 밥을 먹었다. 호수가 저녁 식사를 마친 뒤에도 국화는 집에 들어오지 않았다. 이부자리에 눕자 단조롭게 어둠에 잠긴 방이 한눈에 들어왔다. 방을 바라보던 호수는 메마른 입술을 훑었다. 그리고 까무룩 잠이 든 순간, 그때 호랑이는 찾아왔다.

멀리서 들려오는 소리에 호수는 가늘게 눈을 떴다. 비몽사몽 찬 바닥에 발을 디디고 소리를 따라 걸어갔다. 현관문 너머로 아기의 울음 같은 것이 들렸다. 문고리를 잡고 열었을 때 복도에 고양이 한 마리가 앉아 있었다. 노란 고양이가 호수를 올려다보며 먀, 하고 울었다. 한 발짝 다가가자 고양이는 부드럽게 몸을 피하더니 위층으로 이어지는 계단을 총총 뛰어 올라갔다. 호수도 고

5월은 창가의 호랑이

양이를 따라 층계를 밟았다. 바로 윗집, 3층 첫번째 집의 문이 열려 있었다. 몽환적인 밴드 음악이 새어 나오는 문틈 사이로 고양이가 기다란 꼬리를 보이며 들어갔다. 호수는 홀린 듯 걸어가 문을 열었다. 푸른 병에서 날것 같은 향수 냄새가 쏟아졌다. 주방 중문을 지났을 때 호수의 집과 같은 단칸방, 하지만 그보다는 조금 더 널찍한 방이 나왔다. 고양이는 소파 위로 올라가 쿠션을 물어뜯었다. 바닥에는 책을 올려 쌓은 탑이 여기저기 놓여 있고 한 남자가 서서 전신 거울을 들여다보고 있었다. 주황색 칼라가 달린 반소매 셔츠를 입은 남자는 이내 거울 속 아이를 발견하고는 뒤돌아보았다. 디지몬 캐릭터가 그려진 잠옷을 입은 아이에게 물었다.

"넌 누구니?"

쿠션이 팟 하고 터졌다. 나풀거리는 깃털 하나가 호수의 마음에 내려앉았다.

4월은 에이프릴, 5월은 메이, 6월은 준. 남자의 이름을 들었을 때 호수는 학습지를 할 때 배웠던 영단어를 떠올렸다. June이라는 단어 옆에는 초록 나무와 작은 새가 그려져 있었다. 준은 그 새를 닮았다. 쌍꺼풀 없이 기다란 눈, 오밀조밀한 코, 부리처럼 살짝 나온 도톰한 입술. 준의 말투에는 사투리가 거의 묻어나오지 않았다. 그래서 그가 서울의 대학에 입학하기 전까지 줄곧 울산에서 자랐다고 말했을 때 호수는 조금 놀랐다. 그는 아빠처럼 무뚝뚝하게 말을 던지지도, 옆집 배관공 아저씨처럼 욕설을 섞어 쓰지도 않았다. 준은 그가 즐겨 입는 하얀 티셔츠처럼 깨끗한 목소리를 가졌고 끝을 조금 늘여 말하는 버릇이 있었다. 했-니-이-. 구-나-아-. 마지막 두세 음절을 들을 때마다 호수는 몸을 조금 움츠리게 되었다. 누군가 새하얀 깃털로 가슴 안쪽을 간질이는 듯했다. 아저씨, 무슨 일 해요? 아저씨, 뭘 좋아해요? 서툴게 서울 말씨를 흉내 내기 시작한 건 어쩌면 그때부터였다. 준과 비슷한 말투를 가지고 싶어서. 끝을 올리고 상냥하게.

준은 대학을 졸업하고 몇 달 전에 고향으로 돌아왔다고 했다. 준이 기르는 고양이는 예전에 가족들이 돌보던 반려묘였다. 이제 내 유일한 가족이야. 호수가 '이제'라는 단어에 대해 생각할 겨를 없이 준은 말했다. 이름을 바꿔주고 싶어. 네가 지어줄래? 고양이는 옅은 노란 털에 초콜릿색 무늬를 가졌다. 눈 주변의 테두리는 국화가 자주 그리는 아이라이너처럼 새까매서 마냥 온순해 보이지만은 않았다. 꼭 작은 호랑이 같았다. 호랑아, 하고 호수가 불러보았다. 호랑이는 심드렁하게 하품했다.

계절이 바뀌고 겨울방학이 되자 호수는 혼자 남겨지

는 일이 많았다. 국화는 일요일을 제외하고 매일 일했다. 국화가 다니는 공장은 대기업 자동차 공장에 납품할 차량 시트를 만드는 하청 업체였다. 울산에 공장이 그렇게 많아도 '아지매들' 일자리는 이 근처가 아니면 별로 없다고 국화는 말했다. 그건 그녀가 이혼 후에도 지금의 동네를 떠날 수 없는 이유이기도 했다. 국화가 만드는 시트가 납품되는 공장은 호수의 아빠가 있는 회사였다. 국화는 종종 자조적으로 말했다. 네 애비 배불리는 일을 내가 하고 있다고. 호수는 이제는 얼굴조차 보지 않는 두 사람이 각각 다른 공장에서 하나의 자동차를 만드는 일에 대해 생각했다. 그들이 함께 살 때 집 안은 소란했다. 전혀 맞지 않는 두 사람이 만나 자신을 만들고 길러 낸 이유가 무엇인지 호수는 알 수 없었다.

밤 9시가 넘어서 귀가하는 국화는 텔레비전을 보고 잠시 웃다가 잠들기에 바빴다. 종이처럼 바싹 마른 마스크 팩을 얼굴에서 떼어내고 하얀 발목을 이불로 덮어주는 건 호수의 몫이었다. 그것 말고도 집에는 호수가 정리하고 치워야 할 일이 넘쳤다. 바닥은 늘 옷가지들로 어지럽고 개수대에는 설거짓거리가 쌓여 있었다. 고무장갑을 끼고 온수가 나오기를 기다리다가, 국화가 허물처럼 벗어 던진 속옷을 줍다가 호수는 수시로 준의 집으로 향했다.

준의 집은 호수의 집과 달랐다. 그곳에서는 지겨운 날계란밥을 먹지 않아도 되었다. 메가마트에서 일하는 준은 가방에 몰래 폐기 음식을 담아 집으로 가져오곤 했다. 살얼음이 낀 냉동실에는 각종 빵과 디저트들이 쌓여 있었다. 그중 냉동 치즈케이크는 혀에 닿자마자 아이스크림처럼 사르르 녹았다. 처음 맛보는 슈거 하이. 카세트 플레이어에서 롤러코스터의 「어느 하루」가 흐르고 호랑이는 푹신한 양탄자 위를 사뿐사뿐 걸어다녔다. 호랑이는 자주 창틀에 올라가 바깥을 구경했다.

"쟤들은 높은 곳에 올라가려는 습성이 있대."

준이 말했다. 호랑아, 호랑아. 하루 또 하루 반복하여 부르니 어느 순간부터 호랑이는 제 이름을 알아듣는 듯했다. 다음 해부터는 먼저 꼬리를 흔들며 다가왔다.

설 연휴에 그들은 바닥에 나란히 누워 있었다. 국화가 갑작스럽게 특근 연락을 받고 나간 대낮이었다. 호수는 아침에 떡국을 먹어서 열한 살이 되었다고 말했다. 준은 웃으며 호랑이도 올해 세 살이 되었다고 했다. 세 살이면 아기라고 생각했는데 아니었다. 알고 보니 호랑이는 그들 가운데 나이가 가장 많았다. 호랑이한테 세 살은 사람으로 치면 서른에 가까운 나이라고 준은 알려주었다. 호랑이의 시간은 사람의 시간보다 빠르게 흐른다고. 그날따라 근엄해 보이는 호랑이의 표정을 살피던 호수에게 준은 물었다. 넌 꿈이 뭐야? 호수는 지난가을까지 아빠와 살았던 아파트를 떠올렸다. 곰돌이 얼굴 모양의 헤드가 달린 침대와 포근히 몸을 감싸주던 누빔 이불도, 친구들이 부러워하던 금발 머리 인형도. 노크 필수. 직접 만들어 걸어두었던 문패도.

"방을 가지고 싶어요."

호수는 뱉고 나서 놀랐다. 그런 걸 한 번도 꿈이라고 생각해 본 적이 없었다. 학교에서 꿈이란 항상 어떤 일을 하는 사람을 뜻했으니까. 과학자, 만화가, 과일 장수. 호수는 장래 희망 칸에 아무 직업이나 생각나는 대로 쓰곤 했다. 호수는 준에게 한 번 더 말했다. 혼자만의 방이요. 그렇게 얘기하고 나니 정말 원하게 되었다.

준 또한 비슷한 꿈을 가지고 있었다. 준은 마트에서 일한 돈을 모아 언젠가 서점을 열고 싶다고 했다. 희곡이 뭔지 알아? 연극 대본. 희곡만 파는 서점을 만들 거야. 가끔 낭독극도 하고. 내가 여기 살 때 동네에 서점이 없어서 아쉬웠거든. 준의 목소리는 평소보다 들떠 있었다.

"서점의 이름은 '페이드인'."

"페이드인이 무슨 뜻이에요?"

준은 고민하다가 답했다. 시작한다는 뜻이라고. 자, 여러분. 지금부터 이야기를 시작해볼게요. 다들 주목해

주세요. 오후 2시. 그들 사이로 창을 통과한 햇빛이 드리웠다. 볕이 가장 좋은 시간이었다.

저녁이 되면 거리에서 시끄러운 배기음이 울렸다. 자동차 공장에서 퇴근하는 노동자와 교대로 출근하는 노동자들이 오토바이를 떼로 몰고 지나가는 소리였다. 준은 대로변에서 그 광경을 보는 것을 좋아했다. 호수도 종종 함께 따라 나갔다. 준과 같이 건조한 바람과 회색 먼지를 뒤집어쓰고서 그가 바라보는 곳을 보고자 했다. 수십 대의 오토바이가 정문에서 쏟아져 나와 그들 앞을 직선으로 가로질렀다. 도로를 붉게 물들이는 행렬들. 호수는 헬멧을 쓰지 않은 이들의 얼굴을 보았다. 늙은 남자, 젊은 남자, 외국인 남자, 모조리 지친 남자들. 마지막으로 따라붙던 오토바이에는 연인으로 보이는 사람이 뒷좌석에서 몸을 포개고 있었다. 그 오토바이가 사라질 때까지 준은 눈을 떼지 못했다.

*

새 학기가 시작하고 며칠 후 호수는 하굣길에 한 여자를 만났다. 여자는 대로변 정류장에 앉아 있었다. 깡마른 몸에 자기 덩치만 한 백팩을 메고 있었는데 통통한 두 뺨은 봉숭아 물을 들인 듯 생기가 돌았다. 꼭 텔레비전에서 튀어나온 사람 같았다. 긴 곱슬머리와 잔꽃이 수놓아진 녹색 롱스커트, 군데군데 구멍이 난 보라색 니트를 훔쳐보며 호수는 그녀의 앞을 지나갔다. 얼마 가지 않아 여자가 얘, 하고 호수를 불러 세웠다.

"너 여기가 어딘지 아니?"

여자는 무언가 적힌 종이를 펄럭였다. 서울 여자구나, 하고 호수는 생각했다. 다가가서 보니 준의 집 주소였다. 호수는 경계를 풀지 않고 물었다. 여기는 왜요? 끝을 올리고 상냥하게. 배신자 잡으러 왔지. 여자가 답했다. 배신자라는 단어를 들은 호수의 눈동자가 커졌다. 국화가 카이사르 얘기를 해준 게 그저께였다. 브루투스, 너마저!

여자의 이름은 소라. 서울에 있을 때 소라는 준과 같은 극단에서 활동했다고 했다. 공연을 준비하는데 얘가 도망간 거지. 소라의 말에 준은 어깨만 으쓱였다. 머지않아 호수는 두 사람이 아주 가까운 사이라고 짐작할 수 있었다. 소라는 준에 대해 잘 알았다. 호수가 학교에 다녀온 어느 날, 준이 일하러 간 사이 소라는 냉장고를 비우고 있었다. 알레르기도 있으면서 먹지 못하는 것들을 가져왔다며 폐기 음식을 꺼내 버렸다. 주로 요구르트와 크림빵처럼 유제품이 든 음식들이었는데 호수가 먹던 치즈케이크도 포함되었다.

"하여간. 전에도 못 쓰는 물건을 모아두더니."

소라가 중얼거렸다. 나중에 빈 냉장고를 본 준은 건드리지 말라고 투덜대면서도 내심 싫지 않은 눈치였다.

한번은 셋이서 시내에 있는 백화점에 갔다. 소라가 울산을 구경시켜달라고 졸랐기 때문이다. 준과 호수는 마땅한 장소를 떠올리기 어려웠다. 울산에서 자란 그들에게 고향은 익숙했다. 백연을 토해내는 공장과 네모난 컨테이너가 깔린 공업단지, 거대한 낚싯대처럼 짐을 건져 올리는 크레인이 그들이 보는 일상의 풍경이었다. 쇠와 기름의 도시. 이곳에 여행자가 즐길 만한 재미라고는 없어 보였다.

한참 뒤에 떠올린 곳이 백화점 옥상에 있는 대관람차였다. 작년 삼산동에 백화점이 개점하면서 함께 설치된 놀이기구였는데 울산의 관광 명소라고 홍보하는 걸 소라가 텔레비전에서 보았다고 했다. 토요일의 백화점은 사람들로 북적였다. 호수도 아파트에 살 때 가족과 종종 쇼핑이나 외식을 하러 오던 곳이었다. 백화점을 돌아다니다 보면 아빠의 직장 동료나 친구를 쉽게 마주치곤 했다. 호수는 고개를 숙이고서 준과 소라를 뒤따라갔다. 화려한 옷을 입은 이들이 양손에 쇼핑백을 들고 걸어가는 것이 보였다. 잠시 후 뒤처진 호수가 달려가 준의 옷자락을 쥐었다. 소라가 손을 내밀었다.

매표소에 도착한 뒤에도 관람차는 탈 수 없었다. 안전 문제로 다음 주까지 내부 수리가 있을 예정이라고 했다. 그들은 별수 없이 식당가로 내려가 늦은 점심을 먹기로 했다. 지하로 향하는 엘리베이터에서 누군가 쑥덕였다. 글쎄, 기구가 멈췄다니까. 반나절이나 갇혀 있었대.

 식당가에는 처음 보는 가게가 입점해 있었다. 패밀리 레스토랑이라는 이름이 낯설었는데 서울에서는 흔한 식당이라고 했다. 음식은 소라가 알아서 주문했다. 전에 다른 패밀리 레스토랑에서 일할 때 비슷한 음식을 많이 먹어봤다고 했다. 메리, 에바, 써니. 다른 사람들은 가명을 썼는데 나는 그냥 소라라고 불렸어. 내 이름 예쁘잖아?

 몽골리안누들, 칠리새우, 빠에야…… 이국적인 이름을 가진 음식들이 테이블에 깔렸다. 소라는 그중 까르보나라를 골라 호수의 앞으로 밀어주었다. 준이 유제품을 먹지 못하니 온전히 네 것이라고 소라는 말했다. 크림수프 같은 걸쭉한 소스에 면이 버무려져 있었다. 호수는 망설였다. 그때까지 호수가 먹어본 파스타라고는 급식으로 나온 묽은 케첩 스파게티뿐이었다. 애초에 스파게티가 파스타의 한 종류라는 것도 몰랐다. 첫입은 조금만 집어 먹었다. 두 입 세 입 먹다 보니 고소한 맛에 자꾸만 손이 갔다. 식사를 마쳤을 때는 분홍색 니트 여기저기에 소스가 묻어 엉망이었다. 휴지로 옷을 닦아주던 소라는 호수의 얼굴을 요리조리 살폈다. 어디 봐. 턱에 구멍 난 거 아니야? 소라가 능청스럽게 말하자 준이 웃었다. 호수의 얼굴이 뜨거워졌다.

준의 하루는 조금씩 달라졌다. 준은 이제 오토바이의 행렬 같은 건 구경하지 않았다. 휴일이 되면 소라와 희곡을 읽으며 시간을 보냈다. 일기예보에서 때늦은 봄눈이 내린다고 한 토요일, 호수는 오전 수업을 듣는 내내 창밖을 보며 눈을 기다렸다. 울산에서는 눈이 귀했다. 호수는 눈을 제대로 본 적이 없었다. 갓난아기일 때 함박눈이 내렸다고 국화가 알려주었지만 기억으로 남아 있지 않았다.

꽃샘추위로 얼어붙은 길을 걸어 귀가했을 때 준과 소라는 소파 양쪽에 몸을 기댄 채 극본을 보는 중이었다. 포개어진 그들의 다리 위로 보랏빛 담요가 덮여 있었다. 호수를 발견한 소라는 피우던 담배를 재떨이에 짓이기며 눈인사했다. 이내 두 사람 사이에 침묵이 감돌았고 공중으로 피어오르던 흰 연기가 차차 희미해졌다. 그 순간 호수는 준이 알려주었던 용어를 떠올렸다.

페이드인.

그들 사이에서 무언가 시작되고 있었다.

허구의 세계에서 신은 커다란 시계를 가지고 논다. 신이 시곗바늘을 움직이는 속도에 따라 인간의 하루는 어떤 날은 빠르게, 어떤 날은 느리게 흐른다. 변덕스러운 신. 그를 본 사람은 아무도 없다. 신은 돌연히 시계 놀이에 싫증이 난다. 숲속에 시계를 버리고 방치한다. 시계판과 바늘 사이로 나날이 먼지와 나뭇잎, 기다란 나뭇가지 따위가 끼어든다. 그러다 신의 시계가 멈춘 어느 날, 인간의 시간이 고인다. 아무도 늙지 않고 누구도 죽지 않는다. 새로 태어나는 생명도 없다. 그런 세계 속에서 두 사람은 신의 시계를 찾아 헤맨다. 남자는 만삭인 아내의 출산을 위해, 여자는 항암 치료로 고통스러워하는 아버지를 무사히 보내드리기 위해 숲을 걷는다.

　준이 여자를, 소라가 남자를 연기하지만 두 사람은 성별에 맞추어 목소리의 굵기를 바꾸거나 비음을 섞지 않는다. 그들은 자신의 목소리 그대로 대사를 읊고 그래서인지 정말 본인의 이야기를 하는 것 같다. 두 사람의 대화로 이어지는 극은 마지막 장에 이르러 절정에 달한다. 거대한 벽과 같은 시계가 그들의 눈앞에 나타났을 때, 여자는 행동을 주저한다. 시간을 다시 흐르게 만드는 것이, 아버지를 떠나보내는 것이 옳은 선택인지 확신할 수 없다. 시곗바늘에 손을 얹은 채 여자는 말한다.

　"시간이 우리를 구원할 수 있나요?……"

준은 남은 대사를 마저 이어가지 못했다. 물을 머금은 사람처럼 발음을 웅얼거렸다. 소라가 다가가 준을 품에 안았다. 준이 천천히 눈물을 흘렸고 소라도 그와 닮은 표정이 되어갔다. 다시 돌아가자. 다들 너를 기다리고 있어. 소라가 말했다.

호수는 준이 서울에서 살던 시절을 모른다. 무대에서 준이 어떤 배우였는지 어떤 연극을 했고 어떤 역할을 맡았는지 알 수 없다. 보지 않은 장면을 그려보려 했지만 도무지 그려지지 않았다. 다만 어느 날의 대화를 떠올릴 수 있었다. 왜 고향에 왔는데도 가족과 살지 않느냐는 호수의 질문에 준은 카세트 플레이어에서 흘러나오는 노래가 끝날 때까지 침묵하다가 답했다. 모두 떠났어. 울산에는 나 혼자야. 호수는 더 묻지 못했다. 그가 처음으로 끝음절을 늘이지 않고 말했기 때문이다.

창 너머로 쌀알 같은 눈이 흩날렸다. 계단을 내려가는 길에 호수는 허공에 손바닥을 내밀어보았다. 구원. 뜻 모르는 단어를 속으로 되뇌었다. 소리 없이 눈이 닿았다가 사라졌다. 작은 것. 처음 쥔 것.

준과 소라는 서로를 아끼는 만큼 서로를 미워했다. 호수가 보기에는 그랬다. 두 사람은 자주 다투지만 하루를 채 넘기지 않아 없어서는 안 될 사이인 양 굴었다. 그들은 종종 옆에 호수가 있다는 사실도 잊은 듯했다. 매번 비슷한 말을 주고받았다. 내가 말했잖아, 너무 큰 비극을 겪어서 연극 속 삶이 전부 가짜처럼 느껴진다고. 준이 말하면, 소라는 한 마디도 그냥 넘어가지 않고 되받아쳤다. 너 그거 도망치는 거라고, 네가 그렇게 살길 네 가족들이 바랄 것 같으냐고. 그들의 말투는 과장되어 있었고 호수는 그들이 연극 대사를 읊는 건지 실제로 대화하고 있는 건지 구별할 수 없었다. 그럴 때는 조용히 준의 집을 나가 계단을 밟았다.

호랑이도 자주 집을 나갔다. 혼자 현관문을 여는 법을 터득한 것 같았다. 먀, 소리가 들려 나가면 언제나 호수의 집 앞에서 꼬리를 흔들고 있었다. 방에서 호랑이와 누워 있으면 두 사람이 싸우는 소리가 천장에서부터 벽을 타고 내려왔다. 웅웅 울리는 소리들, 호수에게는 너무나도 익숙한 그 소리들이 사방에서 쏟아졌다. 갑작스러운 장대비에 온몸이 젖어가는 듯했다. 호수는 눈을 꼭 감았다. 비가 금방 그치기를 바랐다. 어떤 날에는 비가 종일 왔지만 어떤 날에는 한 시간만 지나서 올라가 보면 언제 그랬냐는 듯 두 사람이 안고 있는 모습을 보기도 했다. 호수는 그럴 때 당황스러웠다. 그들은 서로를 미워하는가 좋아하는가. 그 두 가지가 공존할 수 있다는 것, 공존하는 것만이 사랑이라는 것을 호수는 모른다.

호수는 아직 어리고 쉽게 단정 짓는다. 모든 연인의 운명은 하나이다. 결국 그들은 등을 돌리고 한 번도 마주한 적 없던 사람들처럼 제 갈 길을 갈 것이다. 국화와 아빠가 그러했듯. 감았던 눈을 떴다. 호랑이는 어느새 옷장 위로 올라가 호수를 내려다보고 있었다. 조금 더 자란 얼굴이었다.

*

벚꽃이 진 거리에 초록 그늘이 드리우는 동안 소라는 점점 울산에 싫증을 느끼고 있었다. 처음에는 소라도 여러 곳을 오가며 시간을 보냈다. 많은 여행자들처럼 낯선 도시에서 전에 본 적 없는 풍경과 아름다움을 발견할 수 있으리라 기대했다. 소라는 태화강변을 거닐며 낚시하는 사람들을 보았다. 울산항에 늘어선 어선을 구경했고, '젊음의 거리'에서 쇼핑한 옷들을 준과 호수에게 보여주기도 했다. 그러나 얼마 못 가 모든 것에 시들해졌다. 서울에 있는 친구들과 통화하며 소라는 투덜댔다. 태화강은 똥물이고 시내에는 둘러볼 만한 미술관 하나도 없다고. 소라는 점차 외출을 줄이더니 어느 순간부터는 집을 나가지 않았다.

마트 행사로 바빠진 준은 집을 비울 동안 소라에게 호

랑이를 돌보아달라고 부탁했다. 하지만 소라는 호랑이에게 무심했다. 먹이를 주지 않았고 지저분한 화장실 모래도 그대로 내버려두었다. 학교에서 돌아온 호수가 뒤늦게 호랑이를 챙기곤 했다. 난 쟤 마음에 안 들어. 호수와 단둘이 있을 때 소라는 말했다. 자기를 보는 눈빛이 기분 나쁘다고. 저것 봐. 소리도 안 내고 뚫어지게 쳐다보잖아. 꼭 뭐라도 알고 있는 것처럼.

소라는 준을 강하게 설득하기 시작했다. 도서관도 찾기 힘든 동네에 서점을 여는 게 무슨 의미가 있느냐고, 예전처럼 다시 연기할 수 있게 도와주겠다고 말했다. 얼마 전 메일로 친구에게 재밌는 극본을 받았다며 보여주기도 했다. 준은 겉으로는 싫은 티를 내었다. 하지만 소라가 토라져 샤워하러 간 사이 몰래 극본을 읽는 모습을 호수는 보았다. 사위가 잿빛으로 가라앉는 저녁, 노트북 화면을 보는 준의 얼굴이 푸르게 물들었다. 그들에게서 점점 밀려나고 있다고 호수는 생각했다.

만약에,라는 단어가 머릿속을 떠나지 않는다. 며칠을 부유하던 그 단어는 어느 날 호수의 머리 깊숙한 곳에 뿌리를 내린다. 그 단어는 과학책에서 본 끈끈이주걱과 같다. '만약에'는 순식간에 자라난다. 줄기를 뻗고 향기를 풍겨 다른 상상을 끌어들인다. 여러 상상이 날갯짓하며 그 단어에게로 모여든다. '만약에'는 끈적끈적한 액체로 그것들을 붙잡는다. 그리고 다시는 놓아주지 않는다. 제 몸으로 흡수하여 몸집을 불려나간다.

    그날 호수는 아무것도 하지 않았다. 어떤 행동도 하지 않았다고 오랜 시간 스스로 다독여야 했다. 볕이 좋은 어느 5월, 마당에는 이팝나무가 하얗게 꽃을 피웠다. 그런 날 봄바람을 쐬고 싶다며 창을 열어둔 건 소라였다. 방충망이 없는 걸 확인하지 않은 사람도, 나른한 햇살에 졸음을 참지 못한 사람도 소라였다. 바람이 부는 방향에 따라 나무는 천천히 가지를 흔든다. 하얀 털로 뒤덮인 짐승이 손짓하는 것처럼 보인다. 호수의 무릎에 앉아 있던 호랑이가 꼬리를 세운다. 일어서서 양탄자를 밟는다. 호랑이가 잠시간 얼어붙은 채 창밖을 바라보는 광경을, 이내 소파 위로 뛰어오르는 모습을 호수는 그림처럼 바라본다. 그 순간은 호수의 기억 속에서 아주 느리게 흐를 것이다. 호수는 모른다. 바라만 본다. 호랑이는 어느새 창틀에 올라가 있다. 창 너머 풍경을 바라본다. 호수는 움직이지 않는다. 호랑이는 뛰어오른다. 짧은 울음소리. 나무가 흔들린다. 5월 13일. 다음 날 아침 국화는 말했다. 쳇 베이커가 호텔 창문에서 추락한 날이라고.

 남은 봄 동안 비가 자주 내렸다. 그칠 생각을 안 하노. 매일 아침 축축한 신발을 헤어드라이어로 말리며 국화는 투덜거렸다. 주택은 소란했다. 빗소리 때문만은 아니었다. 3층에서 젊은 연인이 날 선 말로 서로를 할퀴는 소리가 밤낮으로 울려 퍼졌다. 국화는 혀를 차면서도 궁금해했다. 반찬을 나누러 온 옆집 아주머니와 현관에 선 채 말을 주고받았다. 뭐 때매 싸우는데? 몰라, 고양이가 뭐라 뭐라 카던데. 설마 고양이 때매 싸우겠나. 꼬롬한 게 있겠지. 전봇대에는 호랑이를 찾는 전단이 비에 젖은 채 나부꼈다. 며칠이 지나 길목의 웅덩이가 마르고 복도에 펼쳐둔 우산이 하나둘 사라질 즈음 그들은 다시 떠들었다. 같이 살던 아가씨 서울로 갔다매. 아가씨가 영 까탈시러워 보이더라. 아주머니와 대화를 나눈 그날 저녁, 국화는 발톱을 깎으며 혼자 중얼거렸다. 하기사. 젊은 아가씨가 여기서 뭐 해 먹고살 끼고.

 혼자 있을 때 호수는 몰래 교과서를 펼쳤다. 준이 만든 전단을 길에서 주워 교과서 사이에 꽂아둔 참이었다. 빗물에 젖었던 전단이 마르면서 다른 종잇장에 눅눅하게 달라붙어 있었다. 호수는 조심스럽게 전단을 떼어내었다. 얇은 종이가 갈라지며 호랑이 사진의 한쪽 귀퉁이가 찢겨나갔다. 삼각형 모양으로 잘린 조각만이 호수의 손에 남았다. 종잇조각에 적힌 대부분의 글씨는 잉크가 번져 알아볼 수 없었다. '하나밖에 없는.' 그 글씨만이 선명했다.

물론 호수는 상상한 적이 있었다. 매일 밤 '만약에'로 시작하는 수많은 가능성을 머릿속에 그리며 잠들었다. 만약에 호랑이가 집을 나간다면…… 만약에 호랑이를 훔쳐 바닷가에 버리고 온다면…… 그러니까 호랑이가 사라진다면. 그렇게 된다면 준을 소라와 멀어지게 하고 그의 발을 이곳에 묶어둘 수 있을 거라고 생각했다. 호랑이를 되찾기 전까지는 준이 울산을 떠나지 못할 거라고. 하지만 정말로 그런 일이 일어나기를 바란 것은 아니었다. 그날 호수가 잘못한 일은 없었다. 없다고 생각했다. 그런데도 호수는 준을 마주하는 게 두려웠다. 등교 시간에는 준을 피해 서둘러 집을 나섰고, 문밖에서 계단을 밟는 소리가 들리면 가슴이 뛰었다. 준이 자신의 표정에서 무언가를 알아챌까 봐, 자신을 영영 멀리하게 될까 봐 겁이 났다.

어느 날 호수는 학교 컴퓨터를 이용해 인터넷에 글을 올렸다.

'고양이가 창문에서 떨어졌어요. 죽었을까요?'

답변이 달리지 않았다. 다른 아이디로 또 물었다.

'3층에서 떨어졌는데 죽었을까요?'

이틀 뒤에 답변이 달렸다.

'살긴 살 거임. 근데 다리는 절 수도.'

호수는 매일 골목을 지나며 길고양이들이 걷는 모습을 바라보았다. 외눈박이 고양이를 만난 저녁, 그날 먹은 날계란밥에는 계란 껍데기가 제법 섞여 있었다. 가시처럼 입에 걸리는 조각들을 빼내고 끈적한 밥을 목구멍으로 밀어 넣었다. 아주 큰 침 덩어리를 삼키는 기분이었다.

준을 다시 본 건 5월의 마지막 날이었다. 오래간만에 야근 없이 귀가한 국화와 저녁을 먹은 뒤 두 사람은 일찍 잠자리를 펴고 누웠다. 국화는 깊게 잠이 든 듯 이내 코를 골았다. 이부자리에서 나온 호수는 복도로 나가 밤하늘을 보았다. 만월이 지나며 달이 서서히 이지러지고 있었다. 잠시 후 대문을 열고 누군가 들어왔다. 호수는 알고 있었다. 문이 열리기 전부터, 그가 운동화를 신은 채 터벅터벅 다가오는 소리를 들었을 때부터 도망가야 한다고 생각했다. 하지만 마음과 달리 몸은 움직이지 않았다. 정신을 차렸을 때는 이미 준과 눈을 마주친 후였다.

"거기서 뭐 해."

호수를 올려다보며 준이 물었다. 오랜만에 듣는 음성이었다. 뭐-해-애-. 준이 뱉은 음절을 마음속에 하나씩 눌러 담으며 호수는 말했다.

"잠이 안 와요."

호수는 준과 택시를 타고 시내로 향하던 그날 밤을 오래 기억했다. 슬리퍼를 신은 맨발은 시렸고 파자마 위에 걸친 준의 여름 셔츠에서는 향수 냄새가 났다. 늦은 시간까지 준과 함께 있는 건 처음이었다. 옆자리에서 바라본 준은 조금 수척해 보였다. 백화점 앞에 다다를 때까지 두 사람은 말이 없었다. 택시 기사만 이따금 룸미러로 뒷좌석을 살피며 혼잣말처럼 중얼거렸다. 꽃도 다 떨어지고…… 더울 일만 남았네.

그들은 그날 관람차의 마지막 손님이었다. 백화점 옥상에서 보는 관람차는 건물 바깥에서 바라볼 때보다 훨씬 웅장했다. 빨간색, 노란색, 초록색. 화려하게 빛나며 돌아가는 원형의 구조물을 따라 수십 개의 캐빈이 공중에 매달려 있었다. 거대한 시계처럼 보인다고 호수는 생각했다. 그들은 노란색 캐빈에 올라탔다. 관람차가 느리게 움직이면서 캐빈을 높은 곳으로 이끌었다. 그들의 작은 움직임에도 캐빈은 크게 흔들리는 듯했다. 호수는 울렁거리는 속을 가라앉히며 눈을 질끈 감았다. 이런 곳이었구나, 하고 준이 입을 열기 전까지는.

도로 위를 바삐 움직이는 자동차들. 멀리 빛나는 석유화학 공단의 증류 타워. 더 먼 곳에서 철썩이고 있을까만 바다. 호수가 태어나고 자란 도시가 한눈에 보였다. 매일 보아온 풍경이었다. 그런데도 멀리서 내려다보는 도시는 어딘가 생경하게 느껴졌다. 마치…… 오래전에 이미 떠나온 곳을 보는 듯했다. 호수는 풍경에 가까이 다가갔다. 유리창에 비친 호수의 얼굴이 풍경 속에 녹아들었다. 우리 집은 어디지? 준이 물었다. 저쪽일까요? 호수가 말했고 이쪽인 것 같다고 준이 말했다. 그들은 집의 위치를 가늠하며 손가락으로 점을 찍었다. 창문 위에 그들의 지문이 뿌옇게 묻어났다. 희미하게 겹친 두 개의 동그라미. 그쯤 어딘가에 그들의 집이 있을 터였다.

작다. 그치? 준이 말했다. 호수가 고개를 끄덕였다. 정말 작았다. 눈에 보이지 않을 만큼. 한 손으로 돌돌 뭉쳐 꿀꺽 삼켜버릴 수 있을 만큼.

캐빈은 천천히 더 높은 곳으로 향했다. 그리고 흔들림에 익숙해질 때쯤 오차 없이 하강하여 지상에 내려앉았다.

되돌아가는 택시에서 시간은 자정을 향해 가고 있었다. 준은 창밖을 바라보았고 그의 손은 호수의 손 바로 옆에 놓여 있었다. 얼마 전에 호랑이가 사라졌다고, 그

후로 곧장 집에 들어가는 일이 잘 없다고 준은 말했다. 준의 말투는 담담했다. 호수는 어떻게 반응해야 할지 알 수 없었다. 무언가 말해야 한다고 생각했다. 동시에 아무 말도 하고 싶지 않았다. 그저 시간이 가는 게 싫었고 슬퍼요, 하고 짧게 뱉었다. 그러자 죄책감이 몰려왔다. 건널목 앞에서 차가 멈췄을 때 옆 인도에서 자전거를 타는 여자가 보였다. 호수가 보는 창틀 안에서 여자는 페달을 밟고 또 밟았다. 이내 택시가 다시 출발했다. 차가 여자를 앞지르고 여자는 프레임의 왼쪽으로, 왼쪽으로 옮겨가다가 시야에서 멀어졌다.

현관문을 열고 들어가니 국화가 어두운 구석에 등을 보인 채 잠들어 있었다. 코 고는 소리가 여전히 방 안을 울렸다. 호수는 국화의 옆에 누웠다. 파자마 상의를 뒤집어 코끝까지 들어 올렸다. 준의 여름 셔츠에 밴 향수 냄새를 맡았고 손에서 놓지 않았다. 잠시라도 붙들 수 있을 것처럼.

*

며칠 후 준은 그 동네를 떠났다. 아무도 죽지 않은 날이었다. 아니, 아무도 죽지 않는 날은 없다. 국화가 말하지 않았을 뿐이다. 준이 떠나고 일주일 동안 호수는 크게 앓았다. 여름의 초입에서 사람들은 월드컵 경기에 열광했다. 잔디밭을 뒹구는 축구공을 보며 외치는 환호성과 야유가 창 너머로 울려 퍼졌고 호수는 그 소리를 들으며 잠에서 깨고 다시 자기를 반복했다. 눈을 뜨면 언젠가는 집에, 언젠가는 흔들리는 택시 뒷좌석에 누워 있었다. 빨리 좀 가주이소. 국화의 목소리가 들리기도 했다. 하얀 가운을 입은 남자가 무심한 표정으로 호수를 내려다보았고, 집주인 아주머니가 집에 들락거리며 차가운 물수건을 이마에 새로 얹어주었다. 그 사이사이의 모든 꿈에 호랑이가 나왔다. 어느 것이 꿈이고 어느 것이 현실인지 구분할 수 없었다. 어느 틈에 눈을 떴을 때는 국화가 머리가 하얗게 센 채 호수를 내려다보고 있었다. 호수는 예지몽이라고 생각했다. 자신이 자라고 국화가 나이 든 미래를 보고 있는 거라고. 아니면 눈이라도 내린 걸까. 쌀알만 한 눈 말고 알사탕만큼 굵은 눈이 펑펑.

"눈 왔어?"

그것은 아마도 호수가 며칠 만에 입 밖에 낸 첫마디였다. 국화는 그제야 손거울을 보고 말했다. 여름에 무슨 눈이냐고. 공장에 먼지가 너무 많은데 털고 오는 걸 깜빡했다고. 먼지를 뒤집어쓴 얼굴로 국화는 가만히 호수의 배를 토닥였다. 그래, 여름이네. 참말로 여름이네. 배를 다독이는 손은 일정한 리듬을 가졌다. 노래 없는 자장가 같았다. 쪼매만 기다려봐라, 하고 국화는 말했다. 여름이 가기 전에 면허를 딸 기다. 침을 삼키며 덧붙였다. 금방 딸게. 네 할미가 대학을 안 보내줘서 그렇지. 엄마가 머리는 좋다.

톡. 톡. 배를 두드리며 국화는 계속했다. 차 사면 다 데려다줄게. 병원도 쉽게 가고, 부산도 가고…… 호수는 몽롱한 기운 속에서 그 얘기를 들으면서도 국화가 자신이 아니라 스스로에게 말하는 것 같다고 생각했다. 저런 걸 방백이라고 부른다고 알려준 건 준이었나 소라였나. 호수는 말하고 싶었다. 엄마, 연극에서는 하소연을 방백이라고 부른대. 그 하소연은 혼잣말인데 모두가 들을 수 있어. 모두가 듣고 있는데 배우는 혼잣말이라고 생각해. 그래서 숨김없이 말해. 그건 좀 무섭지 않아? 내 마음을 모두가 듣는다는 건…… 아니지. 그건 외로운 일이다. 내 마음을 누구에게도 털어놓지 못하면서 누구에게든 털어놓고 싶어 하는 건. 호수는 생각했지만 입이 떨어지지 않았다. 국화의 방백이 끝없이 길어지고 이내 호수의 얼굴에 미지근한 빗방울이 하나둘 떨어졌기에 아, 이것은 정말 꿈이구나 생각하며 잠에 들었다.

여름은 순식간에 코앞에 당도한다. 달력 한 장 차이로 햇볕은 사나워졌다. 모두가 소매가 짧은 옷으로 갈아입고 맨살을 드러내는데 호수만 여전히 긴소매를 입었다. 여름방학이 시작된 날 담임은 말했다. 야들아, 열한 살의 여름방학은 다시는 돌아오지 않는다. 비장한 말투에 아이들이 야유를 보냈다. 방학 때마다 아이들은 비슷한 말을 들었다. 호수도 작년 겨울방학에 들었던 말을 기억했다. 지나간 계절은 다시 오지 않는다는 말. 그러니 숙제를 잘 하고 일기를 꼬박꼬박 쓰라는 말. 하교하는 길에는 화단을 파헤치는 아이들이 보였다. 나무 꼬챙이를 든 아이들이 개미집을 찾고 있었다.

집으로 돌아오는 내내 등줄기에 땀이 흘렀다. 대문을 열고 들어갔을 때 마당에는 사람이 보이지 않았다. 1층에서 텔레비전 소음이 들리고 집 전화기가 몇 번 울리더니 호수가 계단을 오르는 사이 끊어졌다. 호수는 제자리에 멈추어 서서 위쪽을 바라보았다. 계단을 조금 더 밟았다. 3층 복도는 깨끗했다. 준의 집을, 준의 집이었던 집의 문을 열었다. 문을 열기 전에는 몰랐다. 어떤 가구도 남아 있지 않은 방을 보자 호수는 자신이 무엇을 기대했는지 알 수 있었다. 빈집은 볕이 들어와서 따뜻한 기운으로 데워져 있었다. 노랗게 익은 햇빛이 창을 통과하여 평행사변형 모양으로 납작 엎드려 있었다. 불과 얼마 전 그곳을 가로지르는 소파가 있었다. 책으로 쌓아 올린 탑이 있었다. 폐기 음식으로 가득한 냉장고가 있었다. 노란 털에 줄무늬를 가진 호랑이가, 수시로 창틀에 올라가 밖을 바라보던 짐승이 있었다. 있었다는 기억이 유일했다.

호수는 평행사변형에 반쯤 몸을 걸친 채 누웠다. 잠깐 누웠을 뿐인데도 빛을 받은 다리가 금세 뜨거워졌다. 호수는 피하지 않았다. 그것이 마치 어떤 형벌이라도 되는 양 가만히 열을 쬐었다. 시간이 지나며 빛이 서서히 얼굴 쪽으로 기울었다. 천천히, 호수에게 들려오는 소리가 있었다. 해― 나― 지―. 몸 깊은 곳에서부터 음절이 하나씩 되살아났다. 준의 입에서 나와 호수에게 내려앉은 음성들, 두 사람이 소파에서 주고받던 대사들, 신의 시계를 찾아 숲속을 헤매는 사람들의 이야기도. 호수는 그 연극을 다시 보고 싶었다. 준이 읊었던, 그가 차마 끝맺지 못했던 대사가 떠올랐다.

훗날 호수는 그 문장을 자주 곱씹을 것이다. 조금 더 자라면, 다시 돌아오지 않는 몇 번의 여름방학을 보내고 나면, 자기만의 달력을 갖게 될 것이다. 호수는 그 달력에 생리를 기록하고 친구의 생일을, 때로는 누군가의 기일을 쓰게 된다. 반면에 어떤 날은 하얀 공백으로 남는다. 호수는 그날에 대해 쓰지 않는다. 누구에게도 말하지 않는다. 길고양이의 울음이 유독 크게 들리는 밤에 조용히 눈을 감을 뿐이다. 그런 밤이 무수히 흐르면, 그

때도 호수는 국화와 함께 살고 있을까. 국화가 모는 차를 타고 이곳저곳을 돌아다니고 있을까.

어쩌면…… 호수도 이 집을 떠나게 될까. 언젠가는 이 지루한 도시를 떠나 더 큰 도시로 향하게 될까. 그리하여 대도시의 화려함이 더는 눈부시게 다가오지 않을 때, 너무 많은 소음과 너무 많은 눈들이 두 귀와 머리를 짓누르는 것만 같을 때, 그때 다시 고향을 그리워하게 될까. 어느 저녁, 집으로 돌아가는 길, 정체된 차 안에 앉아 창밖을 바라보고 있다면, 도로를 빼곡히 메운 차들 사이로 오토바이를 타고 있는 연인이 눈에 들어온다면, 호수는 창문 가까이 입술을 대고 숨을 불어넣을 수 있다. 창문에는 뱉은 숨의 크기만큼 희뿌연 동그라미가 그려지고 이내 사라져간다. 천천히 이지러지는 자국을 보며 호수는 떠올릴 수 있다. 기록하지 않아도 살아 있는 날들, 호랑이와 작은 사람들이 있던 집, 다리를 절룩이는 호랑이가 배회하고 있을, 어쩌면 호랑이가 더는 존재하지 않을 그 도시를. 그러나,

입속에 어른거리는 문장을 입 밖으로 내었다.

"시간이 우리를 구원할 수 있나요?"

날이 저물기 전, 붉은 볕이 얼굴을 물들였다.

아직은
모른다.

아직은.

인터뷰

하가람
×
소유정

소유정 안녕하세요, 작가님. 『소설 보다: 여름 2023』에 「재와 그들의 밤」이 선정되었던 이후로 〈소설 보다〉에서 오랜만에 뵈어요. 우선 요즘 어떻게 지내셨는지 근황을 여쭙고 싶은데요. 답변과 함께 독자분들께도 인사 부탁드릴게요.

하가람 안녕하세요, 소유정 평론가님. 다시금 〈소설 보다〉와 함께할 수 있어 기쁘고 반갑습니다.

「재와 그들의 밤」을 발표했던 2023년은 제가 작품 활동을 시작한 해이기도 한데요. 그 뒤로 다니던 회사를 그만두고, 몇 가지 일을 병행하며 지냈어요. 최근에는 모 잡지에 장편을 연재하고, 단편소설 마감도 하며 바삐 지내고 있습니다. 하반기부터는 처음으로 글쓰기 교양 강의를 맡게 되었는데, 글을 가르치면서 반대로 말하기가 얼마나 어려운지 체감하고 있습니다.

그 밖에는 간단하고 맛있는 파스타 레시피를 찾아 만들어 먹는 일에 빠져 있어요. 이제는 정말 물러설 수 없다, 반드시 운동을 시작해야 한다고 다짐했지만 올해도 역시나 다짐만 하다 한 해가 흘렀고, 대신 동네 하천을 산책하는 것으로 만족하고 있습니다. 그곳에서 매일 오리와 왜가리를 구경하는데요. 그러다 보니 자연스럽게 오리고기를 먹지 않게 되었습니다.

소유정 「5월은 창가의 호랑이」를 읽고 불쑥 반가운 마음이 들었던 건 울산을 배경으로 하고 있기 때문이었어요. 「재와 그들의 밤」 역시 울산이 배경이었기에 관련된 질문을 드리고 싶었어요. 생각해보니 울산은 우리나라에서 손에 꼽히는 대도시임에도 소설을 통해 만나는 경우는 드문 것 같더라고요. 게다가 이 소설은 현재의 울산이 아닌 2000년대 초반의 울산을 그리고 있다는 점에서도 인상 깊어요. 울산을 여러 번 소설 속 배경으로 삼게 된 어떤 계기가 있을까요?

하가람 저도 이렇게 될 줄은 몰랐어요. 울산은 제가 태어나서 대학에 입학하기 전까지 20년 가까이 살았던 도시예요. 그렇지만 굳이 소설에서 울산 얘기를 하고 싶지는 않았어요. 저는 저를 드러내기를 꺼리는 편이고, 다른 사람의 옷을 걸치고 싶어서 소설을 쓰는 사람이거든요.

「재와 그들의 밤」을 쓰게 된 건 개인적인 경험 때문이었는데요. 그 작품을 쓸 때도 발표할 때도 많은 용기가 필요했어요. 꺼내기 싫은 기억을 다시 불러와야 했고, 소설 안에 '울산'이라는 단어를 쓰는 것조차 쉽지 않았으니까요. 돌이켜보면 그 작품을 통해 어떤 경계선을 넘을 수 있었던 것 같아요.

「5월은 창가의 호랑이」도 처음부터 울산을 배경으로 쓸 생각은 없었어요. 매일 아침 탁자에서 유명인의 기일을 얘기하는 어른과 그 말을 듣는 아이를 떠올렸고, 그런 아이는 어떻게 자랄까, 하는 궁금증에서 출발했어요. 처음에는 평소처럼 막연히 수도권 어딘가를 배경으로 두고 표준어 대사를 써 내려갔는데 글이 좀처럼 나아가지 않았어요. 인물들과 낯을 가리게 되고, 이야기도 어딘가 삐걱거리고 부자연스러웠죠. 그 상태로 거의 한 달을 보낸 것 같아요. 그러던 어느 날 다시 글을 보는데, 문득 왜 이들은 표준어로 말하고 있는 걸까,라는 의문이 들었어요. 대사도 배경도 '진짜'가 아니라 어떤 관성으로 만들어졌다는 생각이 들었죠. 그 후 인물들의 말을 사투리로 바꾸어봤는데, 갑자기 모든 게 자연스러워지는 느낌을 받았어요. 호수와도 그때부터 가까워질 수 있었어요.

「5월은 창가의 호랑이」의 배경을 울산으로 정한 뒤에는 여러 면에서 「재와 그들의 밤」과 달라야 한다고 생각했어요. 여기서 모두 밝히지는 않겠지만, 한 가지 예시로 같은 울산 내에서도 다른 분위기를 가진 동네를 그리고 싶었어요. 「재와 그들의 밤」에 나오는 '울주군'은 울산에서도 조금 덜 발달된, 전원적인 풍경이 남아 있는 지역으로 제가 개인적으로 가지고 있는 고향의 이미지와 닿아 있어요. 반면 「5월은 창가의 호랑이」에 나오는 '북구 양정동'과 공단의 모습은 울산의 대외적인 이미지에 가깝다고 생각합니다. 그밖에도 두 작품 사이에 몇 가지 차이점을 두었어요. 어쩌면 저만 알아볼 수 있는 작은 표식일지도 모르겠어요.

소유정 소설은 열한 살 아이 호수가 겪은 결코 작지 않은 상실을 중심으로 전개됩니다. 부모님의 이혼, 호랑이의 실종, 준의 이사…… 어떻게 보면 호랑이나 준의 경우는 죽음으로 추정되나 소설에서 이를 분명히 밝히고 있지 않다는 사실이 중요할 것 같아요. 어디에선가 그들이 아직 살아 있기를 바라는 마음도 담겨 있을 테지만, 우선적으로는 호수를 위한 작가님의 작은 배려 같다고도 느꼈어요. 상실의 요인을 명확히 하지 않고 가능성을 남긴 다른 이유가 있을까요?

하가람 이 소설은 삼인칭으로 쓰였지만, 집필할 때는 어른이 된 호수가 자신의 유년을 되돌아보는 이야기라고 생각했어요. 어린 시절의 기억은 시간이 지날수록 희미해지잖아요. 과거의 사실보다 그때의 감각만 남고요. 그런 의미에서 이 소설도 제게는 부재의 사실보다 부재 '이후', 그 부재를 감각하는 방식이 더 중요했어요.

 소설은 죽음에 대한 국화의 말로 시작하고, 곳곳에 죽음의 그림자가 드리워져 있기는 하지만 역설적으로 저는 소설에서 아무도 죽지 않기를 바랐어요. 오히려 그런 그늘 아래서 상실을 안고 살아가는 이들을 보여주고 싶었습니다. 특히 준의 경우, 저는 죽음을 염두에 두고 쓰진 않았어요. 하지만 작품의 정조나 읽는 분의 시각에 따라 그렇게 해석될 수도 있다고 생각합니다. 작가라는 이유로 소설의 내용을 단정해서 말하고 싶지는 않습니다. 누군가는 준의 생을, 호랑이의 생을 혹은 국화의 남은 생을 염려할 수 있겠죠. 그래도 개인적인 바람으로는 준이 죽지 않았으면 좋겠네요. 호수에게 너무 가혹한 일이 될 테니까요.

호수에 대한 배려로 읽어주셔서 감사하지만, 저는 호랑이가 죽은 것보다 한쪽 다리를 다친 채 집 앞을 거닐고 있다는 가능성이 호수의 죄책감을 덜어주는 일인지는 잘 모르겠습니다. 오히려 내가 상처 입힌 존재가 살아 있다는 사실, 다리를 절며 어딘가를 걸어 다니고 있다는 사실이 호수에게 더 괴롭게 다가올 수도 있을 것 같아요. 어쩌면 호랑이의 생사를 알 수 없는 불확실함 때문에 5월의 그날을 쉽게 잊지 못할 거라는 생각도 들어요.

잠시 다른 이야기지만, 저는 생명을 돌보는 일을 두려워하는 편인데요. 제가 유일하게 기르고 있는 생명이 책장 위의 선인장이에요. 한 달에 한 번만 물을 주면 되는데, 사실 많은 날 선인장의 존재를 잊고 살아요. 그래서 가끔씩 방 안을 둘러보다가 화들짝 놀라곤 해요. 나 말고도 이 집에 또 다른 생명이 있구나, 저기 우두커니 숨 쉬고 있구나, 하는 생각이 들어서요. 제게 죄책감은 그런 형태에 더 가까운 것 같아요. 내 삶 어딘가에 우두커니 살아 있는 존재. 잊고 지내다가도 한 번씩 나를 멈추게 만드는 존재요.

소유정 잠시 호수 곁에 머물다 간 준에 대해 더 이야기하고 싶어요. 의도적인 서술의 절제일지 아니면 어린아이의 눈에 비친 모습이기 때문인지는 모르겠으나 준이라는 인물에 대한 정보가 많지는 않잖아요. 울산에서 어린 시절을 보냈고, 서울에서 연극을 하다 온, 언젠가는 희곡 전문 서점을 하고 싶어 하던 사람, 호랑이를 유일한 가족으로 둔 사람 정도로 정리할 수 있는 게 전부 같아요. 소설로 씌어지지 않은 준의 이야기를 조금 더 청해 듣고 싶어요.

하가람 말씀하신 것처럼 준의 사연이 구체적으로 나오지 않는 것은 이 소설이 어린아이인 호수의 눈으로 씌어졌기 때문이에요. 준이 호수에게 자신의 이야기를 길게 털어놓을 것 같지는 않았어요. 그리고 호수가 듣지 못한 말은 저 역시 쓰지 않으려 했습니다. 질문을 받은 지금도 준에 대해서 더 얘기하는 게 좋을지 망설여집니다. 소설 속 여백은 여백으로 남겨두고 싶기도 해서요.

그래도 준을 위해 조금만 덧붙이자면, 준은 잘 버리지 못하는 사람이에요. 쓰지 못하는 물건을 모아두고, 먹지 못하는 폐기 음식을 집으로 가져오고, 책을 탑처럼 쌓아두는 인물이죠. 또한, 준은 소중한 가족을 잃은 경험이 있는 사람이기도 합니다. 그 상실의 기억이 족쇄가 되어 고향으로 돌아와, 가족이 남긴 반려묘와 함께 사는 인물이라고 생각했어요.

앞서 선생님께서 준이 동네를 떠나는 장면을 죽음으로 읽어주셨지만, 저는 그 장면을 조금 다르게 바라볼 수도 있다고 생각해요. 호수에게 준의 떠남은 분명 상실이었겠지만, 준에게는 울산을 떠난 일이 어쩌면 처음으로 과거의 무언가를 버린 경험이 되었을 수도 있다고요. 그리고 역설적으로, 준이 떠날 수 있었던 건 호랑이가 사라졌기 때문이라는 생각도 듭니다. 준은 어딘가에서 잘 지내고 있을 거예요. 다른 동네에서 서점을 열었을지도 모르고요.

소유정 호수와 준이 짧지만 오래 기억될 시간을 보냈다고 여겨지는 건 두 사람이 상실로 연결되었기 때문일 거예요. 부모님의 이혼 이후 이사한 작은 방에서 언제 퇴근할지 모를 엄마를 기다리던 외로운 아이인 호수와 어떤 사연이 있는지는 모르겠으나 홀로 남겨진, 꿈마저도 먼 곳에 두고 온 준에게서는 비슷한 그늘이 보여요. 이와 같은 연결 고리를 두 사람 역시 감지하고 있었을지, 두 사람은 서로를 어떤 존재라 여겼을지 궁금합니다.

하가람 두 사람은 서로에게 일시적인 구원이 되었으리라 생각합니다. 특히 호수에게 준은 반복해서 떠올릴 수밖에 없는 사람일 거예요. 아마도 처음으로 가장 큰 상처를 준 사람이자, 그만큼 함께하고 싶었던 사람이었을 테니까요. 무엇보다 준은 호수가 몰랐던 세계를 열어준 사람 아닐까요. 부모의 이혼 이후 다시금 '우리'를 가질 수 있게 해주었던 사람이고, '우리'를 지속하고 싶다는 욕망을 느끼게 해준 존재이기도 하고요. 단정한 말투와 '구원' 같은 낯선 단어들, 그리고 어떤 단어로도 형용하기 어려운 복잡한 감정들까지. 모두 준에게서 배웠다고 생각합니다.

언젠가 호수가 자라 고향을 떠나고, 준과 비슷한 나이가 되었을 때, 호수는 조금 다른 방식으로 준을 떠올릴 것 같아요. 타지 생활을 하다가 울산으로 가는 날이 되면, 자신 또한 상실이 깃든 도시로 향한다는 점에서 준의 마음을 조금은 이해하게 될지도 모르겠습니다. 준에게 어떤 사정이 있었는지는 끝내 알 수 없지만, 고향에 올 때마다 그 마음에 대해 생각하게 될 것 같아요.

준에게 호수는 사랑스러운 아이였겠지만, 큰 아픔을 남긴 사람이기도 합니다. 또한 앞서 답변한 질문에서 말씀드린 것처럼 한편으로는 과거의 기억에서 벗어날 수 있도록 도와준 사람이기도 하고요. 두 가지 사실 모두 준은 영영 알지 못하겠지만요.

소유정 저는 이 소설이 호수가 잘 알지 못했던 단어들을 습득하는, 자기만의 사전을 쓰게 되는 이야기라고도 말할 수 있다고 생각해요. 만약에, 구원, 페이드인 등…… 호수 안에 오래 맺힌 단어들을 함께 곱씹어보는 맛이 있었어요. 작가님에게도 자신의 사전 안에서 자주 꺼내보게 되는 단어가 있다면 무엇인가요?

하가람 이 소설을 쓰던 지난봄에는 인물들의 이름을 자주 떠올렸어요. 호수, 국화, 준, 소라. 인물의 이름을 모두 단어로 지었거든요. 소설을 읽을 때 고양이의 이름인 '호랑이'와 사람의 이름 사이에 경계가 느껴지지 않길 바랐어요. 고양이와 사람이 위계 없이, 같은 세계 안에 머무는 생명으로 읽히길 바랐고요.

요즘에는 '평정'이라는 단어를 자주 떠올려요. 제 책상을 지키는 수호신 같은 단어인데요. 스탠드 조명 기둥에 자석으로 붙여두었어요. 친구가 중국에서 사온 선물이라 한자로 '平定'이라고 적혀 있어요. 불안해질 때마다 그 단어를 바라봐요. 특히 '평(平)' 자를 보면, 꼭 울퉁불퉁하게 일어나 있는 흙바닥을 손바닥으로 꾹 꾹 눌러 다지는 듯한 기분이 들어요.

소유정 아직은 아이지만 호수도 조금 더 자라면 "자기만의 달력을 갖게 될" 텐데요. 20년이 지난 지금 호수는 어떤 달력을 가진 어른으로 성장했을까요?

하가람 호수의 방을 상상해보면, 국화처럼 벽걸이 달력을 쓸 것 같지는 않아요. 그보다는 다이어리처럼 꾸미기 용이한 탁상용 달력이 떠올라요. 붉은 동그라미를 그리기보다는 색깔 펜으로 일정과 기념일을 작게 기록할 것 같고요. 이따금 누군가와 함께 있을 때는 달력을 들춰보다가, 어릴 적 국화가 해주었던 유명인의 기일 얘기를 실없이 꺼낼 수도 있을 것 같습니다. 대체로 평범하고 피곤한 하루들을 보내겠지만, 한 달에 한 번쯤은 선인장에 물을 주듯 좋아하는 밴드의 공연이나 아무 생각 없이 햇빛 아래서 광합성 하는 날을 달력에 써넣으며 지냈으면 합니다. 이팝나무가 휘날리는 5월이 되면 생각에 잠기기도 하겠죠. 그런 생각들, 하얀 공백으로 남겨둔 5월의 어느 날에 대해 이야기를 나눌 사람이 언젠가 호수에게 생긴다면 좋겠습니다.

소유정 이 소설을 관통하는 한 문장은 "시간이 우리를 구원할 수 있나요?"라는, 준과 소라가 함께 외던 극의 대사일 거예요. 이 물음은 소설의 끝에서 호수에 의해 한 번 더 던져지고 있어요. "아직은 모른다"라는 답변으로 마무리되고 있지만, 소설의 결말과는 무관하게 작가님의 생각이 궁금해요. 시간이 우리를 구원할 수 있다고 믿으시나요?

하가람 어려운 질문이네요. 시간이 모든 것을 해결해준다고 믿지는 않아요. 어떤 기억은 희미해지기도 하지만, 희미해졌다고 생각했던 기억이 불쑥 선명하게 다가오기도 하니까요.

　시간이 우리를 구원할 수 있을까요. 모르겠어요. 굳이 말하자면, 회의적인 쪽에 가까울지도요. 그럼에도 요즘 저는 계속 비슷한 물음을 던지며 소설을 쓰게 되는 것 같아요. 지금 쓰고 있는 글도 그렇거든요. 오래전 나와 죄책감을 나눈 존재가 나를 다시 찾아왔을 때, 잊었다고 믿었던 감정이 돌연히 되살아날 때, 나는 그 시간과 잘 대면할 수 있을까? 그런 생각을 하며 작업하고 있어요.

    왜 자꾸 묻고 싶을까요. 어떤 희망의 기미를 발견하고 싶은 것인지, 소설 속 국화처럼 그저 누군가에게 털어놓고 싶은 마음인지. 저도 제 생각이 어떤 방향으로 흘러갈지는 아직 모르겠지만, 소설을 계속 쓰면서 그 흐름을 지켜보려 합니다.

소유정 작가님에게 무엇이 시작되는 시간, '페이드인' 되는 순간은 언제인지 궁금해요. 그것이 소설이든 뭐든, 자신에게서 변화가 감지되는 순간은 언제인가요?

하가람 살면서 변화를 감지하는 순간이 그리 많지는 않은 듯해요. 실제로 저는 어떤 변화가 감지되어도 그 징조를 외면하는 쪽에 가깝습니다. 좋은 일이 생겨도 나쁜 일이 생겨도 그 일로 인해 지금의 내가 크게 변하지 않을 거라고 생각해요. 그렇게 '평정'을 유지하려고 노력하죠.

    하지만 그러면서도 제 안에는 변화하고 싶은 마음이 잔잔히 들끓어요. 맞아요, 아마도 전

그런 마음으로 글을 쓰는 것 같아요. 변화를 바라는 건 지금보다 더 나아지고 싶은 마음이잖아요. 이런 말이 어떻게 들릴지 모르겠지만, 저는 어떤 면에서 소설은 매번 실패하는 글쓰기라고 생각해요. 타인을 완전히 이해할 수 없는 것처럼, 소설 속 인물에게도 제가 온전히 닿을 수 없다고 느껴요. 내 생각을 타인에게 고스란히 전달하기 어려운 것처럼, 내가 쓴 문장 역시 읽는 이에게 완벽히 가닿을 수 없다고 생각해요. 그리고 정확히 그런 실패들로 인해 변화하고 싶어져요. 다음에는 다른 방식으로 쓰고 싶다는 생각. 같은 이야기를 다른 각도에서 바라보고 싶다는 생각…… 계속 시도하고, 실패하고, 또 시도하면서 더 나은 글을 쓰고 싶어요. 더 나은 사람이 될 수 있을지는 모르겠지만…… 적어도, 더 좋은 글을 쓰는 사람이 되고 싶어요.

소유정 달력에 부러 남겨둔 여백의 이야기를 듣는 것 같은 시간이었어요. 작업 중인 다음 소설이나 반가운 출간 소식이 있는지 앞으로의 계획을 들어보며 인터뷰를 마무리하겠습니다.

하가람 귀 기울여주셔서 감사합니다. 요즘은 소설을 한 편씩 마감할 때마다 느리게 작별하고 싶다는 생각을 합니다. 선생님이 던져주신 질문 덕분에 오랜만에 인물들을 다시 떠올릴 수 있어 반가운 시간이었어요.

2년 만에 하는 인터뷰는 여전히 쑥스럽네요. 그때도 지금도 소설에 대해 어디서부터 어디까지 이야기하는 것이 좋을지 어렵게 느껴집니다. 한 가지 덧붙이자면, 제가 한 말들이 독자분들의 감상을 방해하지 않기를 바라요. 소설 속 여백은 독자의 몫이니, 마음대로 읽고 마음에 드는 방식으로 기억해주셔도 좋겠습니다.

앞으로의 계획은요. 내년 상반기까지는 장편소설 연재를 이어갈 예정이에요. 노력하면 내년 여름 즈음 단행본으로 만날 수 있지 않을까 기대하고 있어요. 그리고 올겨울 문예지에 단편소설을 발표합니다. 앞선 질문에서 잠깐 언급했던 글인데요. 「5월은 창가의 호랑이」보다 조금 더 건조하고 서늘한 결을 가진 소설이 될 것 같습니다.

곧 연말이네요. 누군가에게는 이 책이 올해 읽는 마지막 소설이 될지도 모르겠어요. 부디 좋은 마무리가 되었으면 합니다.

수록 작품 발표 지면

별개의 문제 〈문장웹진〉 2025년 9월호

뱀이 있는 곳 『문학과사회』 2025년 가을호

5월은 창가의 호랑이 웹진 〈비유〉 2025년 7/8월호